SUPPLÉMENT
AUX OBSERVATIONS

POUR le Comte DE MORANGIÉS.

TREIZE mois d'inſtruction, & deux d'examen, ont donc enfin produit un premier Jugement dans l'affaire du Comte de Morangiés. Je ſavois bien que la procédure étoit au moins irréguliere ; j'ignorois que la Sentence dût être abſurde. Je n'étois que trop inſtruit que dans la premiere on avoit violé toutes les regles de la Juſtice ; je ne m'attendois pas que dans la ſeconde on oublieroit toutes celles de la raiſon. C'eſt pourtant ce qui eſt arrivé.

Eſt-ce un motif de conſolation ou d'effroi pour le Comte de Morangiés ? Je n'oſerois rien décider à cet égard ; mais il me ſemble qu'aux yeux de tout appréciateur impartial il doit réſulter un préjugé bien avantageux en ſa faveur, du fait inconteſtable que depuis le commencement de cette étrange affaire, on n'a pu encore le compromettre que par des calomnies & des prévarications qui auroient paru puériles, ſi elles n'étoient affreuſes, & que dans toutes les démarches multipliées contre lui on n'a ſauvé le ridicule qu'à force d'atrocités.

Par exemple, la Sentence du 28 Mai 1773 prononce quelques condamnations ſérieuſes ; ſans cela pourroit-on y voir autre choſe qu'un enchaînement de contradictions amoncelées ? Seroit-il

A

possible de la regarder autrement que comme un essai qu'on a voulu faire de la quantité d'inconséquences qu'il seroit possible de rassembler avec les formes judiciaires dans un petit espace?

Elle déclare le Comte de Morangiés innocent de la subornation, de ce délit, ou plutôt de cette chimère imaginée avec tant d'adresse, & accréditée avec tant d'audace pour induire le Public en erreur, & elle punit les témoins qui ont concouru à le justifier. Elle absout un coupable convaincu de faux témoignage par la procédure ; elle lui accorde même des dommages-intérêts ; & elle absout également des Accusés qui n'ont été inculpés que parce qu'ils l'ont démasqué ; des Accusés qui méritent un châtiment exemplaire s'ils ont dit faux, & dont les dépositions doivent entraîner la flétrissure de celui qu'elles compromettent si elles sont fondées. Elle prononce sur un objet civil qui n'étoit point de la compétence des Juges, & elle écarte l'objet criminel qui étoit seul de leur ressort ; en tranchant sur cet objet civil, elle y joint contre le Comte de Morangiés une peine qui devient une dérision par sa modicité, s'il est coupable, & s'il est innocent une lésion énorme par les soupçons qu'elle autorise. Elle semble avoir été donnée à la force d'un titre qui n'a par lui-même aucune valeur ; & d'un côté, en retranchant une partie de la somme qu'il contient, elle déroge à ce titre qui ne peut être valable qu'autant qu'il reste en son entier ; de l'autre, elle lui prête une extension dont il n'est pas susceptible, en y ajoutant la contrainte par corps qu'il n'emporte pas. Elle anéantit des pieces authentiques, munies de l'intervention d'un Officier public, appuyées des témoignages les plus précis ; & le procès n'a été fait ni à ces pieces qui n'ont pas même été produites, ni à l'Officier qui n'a pas même été accusé ; de sorte que l'ouvrage, dont la minute n'est pas jointe, est proscrit comme étant le fruit du crime ; & l'auteur en reste impuni comme n'ayant fait qu'une action irréprehensible.

Tels sont quelques-uns des traits qui caractérisent la Sentence rendue par le Bailliage du Palais le 28 Mai 1773.

Si l'on trouve de semblables écarts dans une pièce destinée par essence à être vue, examinée, critiquée, & qui étant le résultat apparent des travaux de sept Avocats, ne devroit pas, ce semble,

offrir des traces si évidentes d'aveuglement, combien en peut-on
supposer dans l'instruction même, qui de sa nature doit rester
secrete, qui a été dirigée par un homme seul, peu habitué à ce
genre de procédures, & qu'on n'est que trop autorisé à soupçonner de s'être laissé entraîner par la plus opiniâtre, la plus cré-
dule prévention.

Quand je ne parle ici que de soupçons sur la procédure, c'est
par un ménagement dont je pourrois bien me dispenser ; & plût à
Dieu que nous n'eussions que de légers indices à alléguer contre
cet effrayant monument de la foiblesse ou de la perversité hu-
maine ! Il y a sur cet article de bien terribles choses à dire ; mais
qui les dira ? Qui aura la démence généreuse de s'exposer soi-
même pour sauver un honnête homme indignement opprimé ; de
hasarder, pour la rédemption de l'innocence, son repos, son honneur, son état, sa personne ? car toutes les especes de dangers
sont ici réunis ; de s'élever seul contre une cabale acharnée &
protégée, contre une ligue que rien ne déconcerte, contre une
association qui réussit à prostituer au soutien du crime les plus
saintes ressources que les Loix aient ménagées à la Justice pour le
confondre ?

L'infortuné Comte de Morangiés a été livré à ses ennemis,
enchaîné, garotté comme une victime dont ils se flattent de consommer bientôt le sacrifice ; quel sera l'homme enflammé d'un
enthousiasme assez noble, mais assez imprudent, pour aller, au ris-
que de ce qu'il a de plus cher, essayer de couper ces liens que la
fraude a tissus, & troubler, en faisant briller la vérité au milieu
de la troupe des coupables, le partage des dépouilles odieuses qui
sont évidemment l'unique objet de ce monstrueux procès ?

C'est moi, je le sens bien, & moi seul que cet honorable &
périlleux ministere concerne. Mais d'après ce qui s'est passé, & ce
qui se passe encore, trouverai-je en moi-même assez de fermeté
pour le remplir ? S'il n'y avoit que des dangers attachés au per-
sonnage de Défenseur du Comte de Morangiés, je n'aurois jamais
balancé à continuer de m'en charger ; mais on veut y joindre l'opprobre ; j'avois du courage contre les menaces, je n'en ai plus
contre l'humiliation. Les auteurs du complot cruel qu'il faut dé-
masquer savent bien que de toutes les épreuves par lesquelles on
peut se flatter d'ébranler une ame sensible, celle-là est la plus

rude. Aussi est-ce la dernière ressource dont ils ont fait usage pour enlever enfin au triste objet de leur cupidité un Défenseur intraitable, avec qui il n'y a point d'accommodement à espérer, & dont le zele s'accroissant avec les obstacles, se mesure toujours, non pas sur les facultés de ses Cliens, mais sur leurs besoins & le degré de l'oppression qu'ils éprouvent.

C'est peu d'avoir voulu me rendre ce zele funeste, ils ont travaillé, ils travaillent encore à le rendre honteux ; c'est peu qu'on ait épuisé l'artifice & multiplié les efforts pour m'impliquer personnellement dans la procédure, comme ayant eu part à cette chimere de subornation que la Sentence du Bailliage même fait

* Le Comte de Morangiés demande d'être admis à faire preuve de cette liaison, qui d'après les circonstances & les conclusions, n'est assurément pas indifférente dans la Cause.
** La preuve de tous ces faits existe par écrit, & sera faite quand les Juges voudront bien l'ordonner.

évanouir ; c'est peu que le nommé Tesson, Géolier de la Conciergerie, ami intime du Procureur du Roi du Bailliage *, déjà chargé d'avoir eu part à la seule subornation réelle qui existe dans cette inconcevable affaire, & la seule qui n'ait pas été approfondie, à celle des Dujonquay, des Gilbert, des Aubriot, en ait encore pratiqué depuis une nouvelle envers la fille Hérissé, qu'il ait pressé vivement cette malheureuse créature **, que je n'ai jamais vue, à qui je n'ai de ma vie parlé, de déclarer que c'étoit moi qui lui avois arraché sa fameuse rétractation du 13 Mars 1773, & que je lui avois parlé dans le Cabinet de M. le Lieutenant Criminel ; on a poussé bien plus loin l'outrage & l'imposture.

Dans une de ces productions clandestines que la malignité accueille, que la bassesse débite, & que tous les vices ensemble ont fabriquées, on a bien osé imprimer que mon attachement à la Cause du Comte de Morangiés avoit sa source dans la complicité du délit ; que je ne travaillois si vivement à effacer l'idée de son larcin, que parce qu'il avoit eu l'adresse de m'appeler à en partager le fruit, & que l'or des Verons étoit prodigué pour soudoyer l'Orateur mercenaire qui en nioit l'existence (1). Toutes ces horreurs sont non-seulement connues, non-seulement impunies, mais jusqu'ici elles sont encouragées, récompensées.

Et quelle est l'ame honnête qui pourroit résister à de pareilles attaques ? Voilà donc au prix de quels affronts il est permis dans ces jours infortunés d'être véridique & vertueux.

On voit dans un Poëme célebre des Guerriers soutenus de leur seul courage & de l'amour du bien public, pénétrer dans une forêt enchantée, malgré les obstacles sans fin que la rage des

(1) Voyez à la fin de cet Ecrit à l'article 19 de courtes réflexions au sujet de ce Libelle dont je parle ici.

enfers a multipliés sous leurs pas ; ils ont à combattre des géans furieux & des monstres de toute espece ; ils sont tantôt environnés de flammes dévorantes qui menacent de les consumer ; tantôt plongés dans des tenebres épaisses dont mille heurlemens augmentent l'horreur, & qui paroissent devoir pour toujours leur dérober la lumiere. La Poësie tolere à peine ces fictions que le seul délire d'un génie exalté semble avoir pu créer. Les laissera-t'on impunément se rétablir dans une carriere qui devroit plus que tout autre les exclure ? Souffrira-t'on qu'il faille désormais plus d'héroïsme pour les expéditions paisibles du Barreau, qu'on n'en a jamais supposé dans les exploits fabuleux de la Chevalerie. Ne sera-ce plus, comme les Tancredes & les Renauds, qu'à travers une infinité de monstres agissans & armés, que nous pourrons voler au secours de la Justice qu'on viole, & de l'innocence que l'on sacrifie ? Les Ministres de l'une verront-ils sans intérêt outrager sous leurs yeux les vengeurs de l'autre ; & ne sentiront-ils pas que s'il pouvoit jamais être périlleux pour nous de la défendre, il le seroit bientôt pour eux de la protéger ?

Je ne vante point mon désintéressement, c'est la qualité caractéristique & indispensable de mon état ; malheur à quiconque, en exerçant cette profession sublime, a besoin de prouver qu'il ne la souille pas ; ma justification est dans le cœur de tous ceux qui m'ont honoré de leur confiance & qui ont réclamé mes secours. Qu'il s'en présente un, un seul qui puisse dire que mon zele ait suivi les gradations de sa reconnoissance, & je consens à passer pour le plus infame des hommes. Mais enfin si sur cet article, comme sur tous les autres, j'ai rempli dans toute leur rigueur les devoirs que la délicatesse & l'honneur m'imposoient, n'est-il pas affreux qu'il n'y ait ni frein, ni châtiment pour les calomniateurs qui osent ainsi, contre le témoignage de leur propre conscience, m'accuser d'avoir violé le plus sacré de tous ?

Ils ne tireront pourtant de ce dernier rafinement d'audace & d'imposture que l'avantage momentané de m'avoir fait hésiter un instant. S'il étoit possible que, d'après mon exemple, le Comte de Morangiés trouvât un homme assez zélé, assez désintéressé, assez intrépide pour le défendre, comme il doit être défendu, je me condamnerois sans balancer au silence ; en remettant sur le champ sa Cause en d'autres mains, je prouverois assez que le motif

qui me l'a fait embraffer fi chaudement n'a rien d'ignominieux.
Mais puifque lui & moi nous fommes privés de cette reffource,
puifqu'il eft perdu s'il ne fe trouve un homme affez détaché de tout
pour fe dévouer à fon falut, & que cet homme ne peut être que
moi feul, eh bien ! je me dévouerai. Je ferai le Curtius qui fer-
merai, au rifque de tout ce qui peut en arriver, le gouffre d'iniquité dans lequel une famille refpectable eft près d'être engloutie.

Effayons pour la première fois de ma vie de montrer ce courage
patient qui apprécie l'outrage & le dévore, cette fermeté con-
centrée qui ne connoît d'aviliffement que celui du crime, & qui
laiffant à l'avenir le foin de fa vengeance, fait ne s'occuper dans
le moment préfent que de fa juftification.

Après tout, c'eft ici pour les honnêtes gens que j'écris ; leur
eftime eft l'unique récompenfe dont je fois jaloux : elle ne garan-
tit pas un homme, qui fe borne à la mériter, d'être facrifié, je
le fais ; mais à la longue elle dédommage, & dès les premiers inf-
tans elle confole. Avec cette affurance, je n'envie à mes ennemis
ni leurs protections, ni leurs fuccès.

DISPOSITIF DE LA SENTENCE RENDUE AU BAILLIAGE du Palais.

I. NOUS, par délibération du Confeil, vû les conclufions par écrit
du Procureur du Roi, fans nous arrêter ni avoir égard aux faits juftificatifs articulés par Jean-François-Charles de Molette, Comte de Morangiés, que nous déclarons non pertinents & inadmiffibles.

II. Faifant droit fur les différentes plaintes & accufations renvoyées
en ce Siége par les Arrêts de la Cour des 11 Avril 1771 & 15 Mars
1773, enfemble fur les autres plaintes & accufations du Procureur du
Roi, déchargeons ledit Comte de Morangiés de l'accufation en fubornation de Témoins contre lui intentée; en conféquence difons que fon
écrou fera rayé & biffé des regiftres de la Conciergerie du Palais; à ce
faire le Greffier des prifons contraint.

III. Déchargeons pareillement Pierre-Michel Menager, Louife-An-
toinette Gerard fa femme, Jacques-Catherine Menager fils, Margueritte
Lequefne, Marie-Jeanne de Perey, veuve de Jacques-François-Jofeph
de Welz, Marie-Rofe Lacofte, veuve d'André Petit, Marie-Margueritte
Pommier, femme de Pierre Bapft, Marie Vigier, femme de Pierre Durand, & Jeanne Pommier, veuve de Jacques-Pierre Blanchet, des accufations contr'eux intentées; en conféquence ordonnons que led. Pierre-
Michel Menager, Lacofte veuve Petit, Pommier femme Bapft, Vigier
femme Durand, & Pommier veuve Blanchet, feront mis en liberté des
prifons où ils font détenus; à les laiffer fortir tous Greffiers & Geoliers

contraints; quoi faifant déchargés; ordonnons que leurs écrous feront rayés & biffés des regiftres defdites prifons.

IV. Déclarons Marie-Jofephe Heriffé atteinte & convaincue d'avoir fait au Châtelet, le 13 Mars 1773, une déclaration contraire à fes dépofitions, récolemens & confrontations faits en ce Siége; & Nicolas Heriffé atteint & convaincu d'avoir follicité & provoqué ladite Heriffé fa fille à faire ladite déclaration : pour réparation de quoi les condamnons à être bannis de la Ville, Prevôté & Vicomté de Paris ; pendant trois ans, lefquels, à l'égard de ladite Marie Jofephe Heriffé ; ne commenceront à courir que du jour de fa fortie de l'Hôpital, où elle eft condamnée par Arrêt de la Cour à être renfermée ; à eux enjoint de garder leur ban fous les peines portées par l'Ordonnance.

V. Déclarons ladite rétractation nulle.

VI. En ce qui concerne Jeanne-Anne Gigot, femme dudit Nicolas Heriffé, fur l'accufation contr'elle intentée, la mettons hors de Cour ; ordonnons qu'elle fera mife en liberté des prifons où elle eft détenue, & que fon écrou fera rayé & biffé ; à ce faire tous Greffiers & Geoliers contraints, quoi faifant déchargés.

VII. Déchargeons Pierre Gilbert de l'accufation contre lui intentée, ordonnons qu'il fera élargi & mis en liberté des prifons de la Conciergerie, fon écrou pareillement rayé & biffé. A ce faire tous Greffiers & Geoliers contraints.

VIII. Déchargeons pareillement Genevieve-Françoife Gaillard, femme de Nicolas Romain, & François Liégard Dujonquai des accufations contre eux intentées.

IX. Déclarons Jean-François Debruguieres atteint & convaincu d'avoir commis envers ladite femme Romain & ledit Dujonquai, les excès, violences & mauvais traitemens mentionnés au Procès ; pour réparation de quoi ordonnons que ledit Debruguieres fera mandé en la Chambre du Confeil pour y être blâmé ; lui faifons défenfes de récidiver & d'ufer à l'avenir de pareilles voies, fous peine de punition corporelle ; le condamnons en 10 livres d'amende envers le Roi :

X. Déclarons pareillement Pierre Dupuis atteint & convaincu d'abus d'autorité dans l'exécution des ordres dont il étoit chargé, & de n'avoir pas empêché, comme il auroit du faire, lefd. excès, violences & mauvais traitemens ; pour réparation de quoi ordonnons qu'il fera mandé en lad. Chambre pour y être admonefté ; le condamnons en 10 livres d'aumône applicable au pain des pauvres prifonniers de la Conciergerie du Palais : lui faifons défenfes de récidiver, fous telles peines qu'il appartiendra.

XI. Déclarons ledit Comte de Morangiés atteint & convaincu d'avoir dénié le prêt mentionné au Procès, & d'avoir autorifé, par fa préfence, lefdits excès, violences & mauvais traitemens, à l'effet d'extorquer de ladite femme Romain, & de Dujonquay, les déclarations contraires à la réalité du prêt, & de retirer les quatre billets par lui faits le 24 Septembre 1771 ; pour réparation de quoi ordonnons que ledit Comte de Morangiés fera mandé en ladite Chambre du Confeil pour y être admo-

nefté; le condamnons en 10 livres d'aumône applicable au pain des pauvres prifonniers de la Conciergerie du Palais.

XII. Déclarons les déclarations du 30 Sept. 1771, fignées par la femme
Romain & Dujonquay, nulles & de nul effet, comme étant la fuite defdits
excès, violences & mauvais traitemens.

XIII. Recevons lad. femme Romain & led. Dujonquay, Parties intervenantes : Ayant aucunement égard à ladite intervention & demandes,
enfemble aux demandes dudit Gilbert : Condamnons le Comte de Morangiés, & par corps, à payer à ladite femme Romain & audit Dujonquay, ès noms & qualités qu'ils procédent, la fomme de 299400 livres,
faifant partie de 327000 contenues aux quatre billets dont eft queftion,
& aux intérêts de ladite fomme, à compter du 30 Septembre 1771, jour
de l'emprifonnement de ladite femme Romain & dudit Dujonquay.

XIV. Condamnons en outre ledit Comte de Morangiés en 20000 liv. de
dommages & intérêts envers la femme Romain & ledit fieur Dujonquay,
& en 3000 l. envers Gilbert, le tout par forme de réparations civiles.

XV. Condamnons led. Comte de Morangiés, Debruguieres & Dupuis,
folidairement, en 1500 livres de dommages & intérêts, auffi par forme
de réparations civiles envers ladite femme Romain & Dujonquay.

XVI. Permettons auxd. femme Romain, Dujonquay & Gilbert, de faire
écrouer & recommander ledit Comte de Morangiés & Debruguieres,
pour sûreté defdites condamnations.

XVII. Condamnons led. Comte de Morangiés envers la femme Romain,
Dujonquay & Gilbert, aux dépens réfervés par l'Arrêt du 11 Avril 1772.

XVIII. Condamnons led. Comte de Morangiés, Debruguieres & Dupuis, folidairement, en tous les dépens d'interventions & demandes
formées en ce Siége par ladite femme Romain, Dujonquay & Gilbert.

XIX. Ordonnons que les Mémoires imprimés du Comte de Morangiés
feront & demeureront fupprimés.

XX. Sur le furplus des plaintes & accufations du Procureur du Roi,
enfemble fur les autres demandes, fins & conclufions des Parties, les mettons hors de Cour.

XXI. Ordonnons que notre préfente Sentence fera imprimée, publiée
& affichée par tout où befoin fera.

XXII. Fait & donné en la Chambre du Confeil, par nous Marie-Nicolas
Pigeon, Avocat au Parlement, Confeiller du Roi, Lieutenant-Général
au Bailliage du Palais à Paris, Commiffaire de la Cour en cette partie,
affifté de Mes Ponce Bazin, Charles-François Bidault, Antoine-Etienne
Cothereau, Marie Carouge, Réné Gautier, & Charles-Simon Dinet, anciens Avocats au Parlement, le 28 Mai 1773. Signé, &c.

XXIII. Prononcé par nous Greffier en chef au Bailliage du Palais à
Paris à M. le Procureur du Roi, lequel a déclaré être Appellant à minimâ
de ladite Sentence, & a figné. Signé, PAILLARD.

Reprenons cet inconcevable prononcé article par article.

§. I.

9

§. I.

Sans nous arrêter ni avoir égard aux faits juſtificatifs articulés par Jean-François-Charles de Molette, Comte de Morangiés, que nous déclarons non pertinens & inadmiſſibles.

Voilà une décision tout à la fois bien légere & bien terrible. La Requête du Comte de Morangiés, qui contient les faits ainſi rejettés d'un mot, eſt très-volumineuſe, & les faits très-nombreux. Pour les déclarer impertinens, il faut qu'ils ſoient tous étrangers à l'affaire ; pour les juger tous non-admiſſibles, il faut qu'ils ſoient tous contraires à l'Ordonnance : or ceux dont il eſt ici queſtion ont-ils ces vices? Non, aſſurément.

Ils ſont tous tirés, comme les Loix l'exigent, de la procédure même : ce ſont des nullités révoltantes dans l'inſtruction, ou des contradictions objectées aux témoins dans les confrontations, ou des éclairciſſemens dont la preuve a été offerte de même dans ces ſcenes intéreſſantes.

Par exemple, le Comte a allégué les refus du Juge de faire aux témoins ou aux accuſés des interpellations importantes. Pluſieurs fois il a été requis de leur faire des demandes relatives au ſolliciteur Aubourg ; le Juge a gardé le ſilence, ſous prétexte qu'Aubourg *n'étoit point Partie dans l'affaire, qu'il n'étoit ni accuſé ni témoin* (1). Sommé de conſtater ſon refus, il l'a refuſé encore, excepté une fois qu'il a été contraint par l'opiniâtreté dont le Comte n'auroit pas dû ſe départir dans les autres occaſions; mais cette fois eſt infiniment précieuſe. Elle rend probable toutes les autres ſuppreſſions. Or j'oſe ici demander au Lieutenant général du Bailliage quel en étoit le motif; & à ſes Aſſeſſeurs, s'ils ont jamais connu dans un Procès une nullité plus eſſentielle que celle-là, qu'ils ont cependant ſi leſtement déclarée comme les autres faits juſtificatifs, *non pertinens & inadmiſſibles.*

Aubourg n'étoit point Partie dans l'affaire! Quoi? il a acheté

(1) J'ai plaidé hautement ce fait lors des Audiences qui ont précédé l'Arrêt du 15 Mars. Depuis ce moment, à la vérité, le Juge a ceſſé d'impoſer ſilence aux Témoins ſur le compte du formidable ou du bienfaiſant Aubourg, mais auſſi la premiere inſtruction étoit finie & la ſeconde a été faite avec tant de négligence ou plûtôt tant d'envie de la rendre inutile, qu'elle n'a rien produit. J'en donnerai quelques détails à l'article de la rétractation de la fille Heriſſé.

B

le droit de la fuivre, & le rifque qu'il court de perdre fes avances eft compenfé par le prodigieux bénéfice qui lui eft affuré dans
le cas de réuffite? Quand vous avez adjugé aux Dujonquay près
de 350000 livres, vous n'avez pas pu ignorer qu'il lui en revien-
droit au moins le tiers, puifque fon droit eft fondé fur un marché pardevant Notaires, infinué, & produit au Procès. Vous n'a-
vez pas pu ignorer qu'il fourniffoit les témoins, qu'il les fou-
doyoit, qu'il les abreuvoit, qu'après les avoir accompagnés au
caffé ou au cabaret fuivant la qualité des perfonnes, il les condui-
foit publiquement jufqu'à la porte de la falle où ils devoient être
entendus; qu'il les recevoit à la fortie pour récompenfer leur zele
avec la même mefure qui avoit fervi à le fortifier en entrant.
J'ai plaidé ces faits publiquement, ils n'ont point été démentis;
on en a offert la preuve: & Aubourg n'eft point Partie dans la
Caufe! le Comte de Morangiés offre de le prouver.

Il n'eft point accufé! Et pourquoi ne l'eft-il pas? Tout vous me-
noit à lui infliger ce titre. Acquéreur d'un droit plus que litigieux,
folliciteur public de cet étonnant Procès, inftigateur effronté des
témoins, qui fait ce qu'auroient produit les demandes embarraf-
fantes qu'on leur auroit pu faire? Qui fait ce que les remords ou
l'imprudence leur auroient arraché d'aveux fur fon compte? Nous
avons la preuve par écrit* que, pendant l'inftruction, il envoyoit
fouvent au Bailliage des préfens de pâtés qui y étoient reçus. N'auroit-on pas découvert d'autres infinuations de fa part?

*Cette preuve
fera produite au
procès.

S'il n'eft pas accufé, c'eft que vous n'avez pas voulu qu'il le
fût; c'eft que vous avez fermé les bouches qui l'alloient compromettre; c'eft que vous avez éteint les lumieres qui auroient jetté
un jour funefte fur fa complicité. S'il y a jamais eu un fait jufti-
ficatif effentiel & fondé; c'eft celui-là; il néceffitoit feul un fup-
plément d'information; & vous le déclarez impertinent & inadmiffible!

Le Comte de Morangiés a offert la preuve que le cocher Gilbert ne connoiffoit pas Dujonquay le jour où il prétend l'avoir
aidé à compter fon or, qu'il ne l'avoit jamais vu à cette époque.
Cette preuve eft déjà acquife par la procédure; elle l'eft par l'a-
veu que Gilbert a lui-même fait à une femme, nommée Petit,
chez elle, qu'elle *le feroit pendre, fi elle difoit la vérité* à ce fujet.
Cinq témoins qui l'ont entendu en ont dépofé. Elle l'eft par le

nienfonge de la fervante des Verons, qui voulant favorifer Gilbert, a articulé qu'elle l'avoit vu venir chez fes maîtres plus de dix-huit mois avant le jour fatal de la numération des efpeces, tandis que Gilbert n'a jamais pu les voir qu'à Paris, & qu'à ce terme il n'y avoit pas dix-huit mois qu'elle y étoit. Ces démonftrations pouvoient devenir de plus en plus frappantes ; il falloit approfondir tous les détails qui en auroient augmenté la force : & c'eft l'offre de ces détails que vous déclarez *impertinente & inadmiffible* !

Des contradictions fans nombre font briller la vérité, même au milieu des efforts de l'impofture. Les témoins des Verons fe heurtent fans ceffe : la femme Romain nie hautement que le fameux tréfor foit provenu de ce fidéi-commis fi hardiment plaidé, fi audacieufement brodé d'anecdotes de toute efpece, deftinées à le rendre moins improbable Elle dit que fon Avocat *a eu tort d'avancer ce fait.* Elle, Dujonquay, fes filles, fe démentent tous dans les petites particularités du prêt.

On leur demande de qui Dujonquay a reçu *la clef* de l'arche où repofoient ces myftérieux cent mille écus, le jour que la révélation en a été faite ? Le fils prétend l'avoir reçue *de la main de fa mere*; la mere foutient qu'elle n'a point fervi de canal à la tranfmiffion de la clef, mais que Dujonquay *l'a prife immédiatement de la main de fon aïeule.* Et enfin les petites-filles affirment, fous la foi du ferment, que la grand'mere n'a confié fa clef à perfonne, mais qu'*elle a elle-même ouvert l'armoire.*

L'aînée de ces petites-filles affirme de même, que fon aïeule étoit très-riche en pierreries, qu'elle les a vendues dans la petite ville de Vitry-le-François, à des Juifs forains, quarante mille francs juftes, afin de faire cent mille écus juftes auffi qu'elle pût envoyer à Paris fur le charriot d'un roulier. Elle donne fort au long l'énumération de ces bijoux : on y voit jufqu'à *des épingles de diamans,* invention récente qui n'a pas dix ans d'antiquité, & qui n'avoit probablement pas été adoptée par la Veron, dont les joyaux n'étoient pas modernes ; & de plus des *girandoles,* un collier, un *nœud fuperbe,* des *boucles,* des *jarretieres,* des *braffelets,* des *crochets pour le bas du corps,* des *aigrettes,* &c.

Leur mere interpellée de dire fi cette aïeule avoit toutes ces fuperfluités précieufes, déclare qu'elle n'avoit ni *girandoles,* ni *jarretieres,* ni *nœuds,* ni *boucles de fouliers,* ni *braffelets,* ni *cro-*

chets de corps ; que du moins, par rapport à ces trois dernieres *efpeces, elle ne croyoit pas que fa mere en eût, ou qu'ils fuffent de diamans fins.*

On ne peut pas raffembler ici toutes les contradictions de ce genre, qui font recueillies & détaillées dans la Requête. Ce font-là des faits juftificatifs, fi jamais il y en a eu, contre la réalité du prêt ; & vous les déclarez *impertinens & inadmiffibles !*

On produit avec éclat contre le Comte la lettre d'une Cour-tiere nommée *Charmette*, aujourd'hui décédée, & fur la mort de laquelle on a bien eu l'indignité d'infinuer des foupçons, qui feuls font un véritable délit. Dans cette piece, datée du 25 Septembre, cette femme dit au Comte que le prêt a été *effectué*, mais que Dujonquay *le nie.* Elle femble même brouillée avec le jeune homme, contre lequel elle fait des menaces. On a tiré des con-féquences à perte de vue de cette lettre, comme fi c'étoit un monument facré dont tous les mots fuffent autant d'oracles. On en a induit que le Comte de Morangiés avoit recommandé le fecret à fon Prêteur, fous prétexte d'empêcher que fes créanciers ne fuffent inftruits de fa nouvelle opulence ; & en effet, de peur que celui à qui il la devoit n'apprît le mauvais état de fes affaires, & ne refufât de fe deffaifir du tréfor.

Cependant, par la procédure, il eft conftant que le jour même de la remife des billets, Dujonquay *a dîné* en très-bonne intelligence chez la *Charmette* ; que dans cet inftant il a pu-blié hautement devant un des créanciers du Comte, nommé *Monvoifin*, & un des plus acharnés, que *le prêt venoit d'être confommé.*

Voilà une preuve bien claire que Dujonquay ne *nioit* pas d'a-voir remis l'argent, comme la Charmette l'écrit, & que le fe-cret n'avoit pas été recommandé. Voilà une preuve bien fen-fible que l'antre de cette Courtiere d'ufure eft le foyer où s'étoit formé le complot ; que le jour même de la remife des billets, le 24, on avoit commencé fur le champ à l'exécuter ; que la lettre du 25 en étoit une fuite ; que celle du 26, où Du-jonquay donne au Comte des détails fur fes prétendus voyages, fur le port de fes efpeces, en étoit le développement ; & que bien loin de pouvoir nuire au Comte, ces monumens réunis, rap-prochés des autres indices, ne pouvoient que manifefter de plus en plus fon innocence ; c'eft encore un des faits juftificatifs em-

ployés dans fa Requête ; & il eſt également *impertinent & inad-*
miſſible aux yeux des Juges.

Il faudroit la copier entiere ; fi je voulois rapporter toutes les
démonſtrations évidentes de ce genre, & de plus fortes encore,
que le Bailliage a proſcrites en une ligne, ſans compter celles que
le Juge n'a pas voulu laiſſer inſérer dans la procédure. La mé-
thode eſt facile ; eſt-elle conforme à la Juſtice ? Il eſt permis
d'en douter.

§. I.

Faiſant droit, &c. déchargeons le Comte de Morangiés de l'ac-
ſation en ſubornation de témoins contre lui, intentée ; en conſé-
quence diſons que ſon écrou ſera rayé & biffé des regiſtres de la
Conciergerie du Palais.

Le voilà donc détruit ce fantôme de *ſubornation*, ce prétendu
délit, qui a ſeul ſervi de prétexte à la captivité du Comte. le
voilà détruit par l'aveu d'un Tribunal qu'on ne ſoupçonnera pas
d'avoir été trop favorable à cet infortuné. Ce n'eſt pas un ſimple
hors de Cour qu'il prononce, c'eſt une décharge abſolue : donc il
n'y avoit pas même de fondement à l'accuſation ; donc le Comte
eſt innocent & l'a toujours été.

Maintenant, que deviennent ces imputations affreuſes, ces
conſéquences cruelles dont les Libelles & les Audiences ont été
remplies à ce ſujet ? Il eſt décrété, diſoit-on ; donc il eſt convaincu ; donc tous ſes témoins ſont ſubornés. L'un de ces calomniateurs obſcurs, qui ſe ſont diſputé l'honneur de prêter leur
organe à l'impoſture, écrivoit : *la face du coupable eſt à décou-*
vert. [*] l'autre affirmoit que la ſubornation *étoit prouvée, au*
moins par vingt-quatre témoins [*]. On citoit déjà les Ordon-
nances qui prononcent la peine de mort contre la ſubornation ;
on rappelloit des Arrêts qui ont *condamné des corrupteurs de té-*
moins à être décolés, attendu leur Nobleſſe [*]. On a même oſé
dire en pleine Audience, & imprimé depuis, que le Comte de
Morangiés devoit s'applaudir de ce que les charges ne ſeroient
pas lues ; que les ſouſtraire au public c'étoit lui faire grace & le
diſpenſer de la néceſſité de rougir.

Il y a plus ; par une affectation bien liée avec la manœuvre qui
l'avoit précédée, on n'a pas craint d'abuſer de ce décret, fondé

[*] Petite brochure
publiée ſous le
nom de *la Croix.*
[*] Libelle dont
on a parlé ci-deſ-
ſus & dont on par-
lera encore.
[*] *ibid.*

fur une calomnie que rien ne motivoit, pour faire entendre que le refte de la procédure le juftifioit. On a infinué que fi le Comte étoit prifonnier, c'étoit bien moins fur la feconde procédure que fur la premiere; bien moins pour avoir acheté des dépofitions, que parce qu'il exiftoit au Procès des preuves évidentes qu'il avoit reçu les 100000 écus. De ceux qui ont entendu les Plaidoieries ou lû les Ecrits, il y en a plus de moitié peut-être qui ont été trompés par cette méprife concertée, par cette connexité maligne, établie entre deux objets abfolument diftincts; & cependant, après tant d'éclat, après tant de cris, après tant d'invectives & de diffamations odieufes, fur une équivoque, voilà le Comte reconnu innocent & déchargé de l'accufation qui y a donné lieu. A quelles triftes réflexions ne donne pas lieu cet enchaînement inoui d'incidens tous contradictoires & incroyables!

Qu'on me pardonne encore une réflexion bien effentielle. Le Comte eft en prifon, il n'y eft que fur le prétexte d'une accufation calomnieufe; quand j'ai demandé fa liberté provifoire, l'inftruction entiere étoit faite contre lui; elle étoit complette, même fur la feconde plainte. Il étoit impoffible d'acquérir de nouvelles preuves. Si les charges avoient été lues alors comme je le demandois, & comme les Loix l'exigeoient, le Tribunal fuprême, dont il imploroit le fecours, auroit dès-lors vu fa juftification, comme les premiers Juges l'ont vue depuis; il auroit certainement obtenu fa liberté; il feroit hors de la captivité humiliante & ruineufe où il languit depuis près de fix mois.

Non-feulement il eft encore dans les fers, mais, comme on le verra tout à l'heure, les Juges du Bailliage, forcés de lui ouvrir d'une main la porte de fa prifon, fe font hâtés, au mépris de toutes les Loix, de la lui fermer de l'autre. Nouveau Tantale, ils ont approché de fa bouche ce doux fruit de fon innocence, la liberté; & dès qu'il a cru la faifir, ils ont autorifé les Dujonquay, les Gilbert à s'élever comme les Furies de la Fable pour la lui ravir. Y a-t-il jamais eu d'homme de l'exiftence duquel on fe foit joué avec autant d'indécence & de légereté?

§. III.

Déchargeons pareillement Pierre-Michel Menager & fa femme, Menager fils, Marguerite Lequefne, la veuve Duvelz, la veuve

Petit, la femme Bapst., la femme Durand & la veuve Blanchet des accusations contre eux inventées.

Ces accusations, quelles sont-elles ? Nous l'ignorons. Le Juge qui les a accueillies, le Procureur du Roi qui les a formées seront tôt ou tard forcés d'en rendre compte, & l'on verra alors quel en étoit le fondement. Mais ce qui est clair dès-à-présent, c'est que ces malheureuses victimes de la prévention, ou de quelque autre principe plus honteux, n'étoient pas coupables.

Ces Juges-ci, qu'on ne soupçonnera pas d'avoir cru sans preuves à leur innocence, lui rendent l'hommage le plus éclatant. Cependant, des dépositions des uns, il résulte que le nommé Aubriot est un faux témoin convaincu. Celles des autres démontrent, avec évidence, ainsi que le reste de la procédure, que le Cocher Gilbert n'est pas moins criminel ; & Aubriot n'est point accusé ! A l'égard de Gilbert, on verra tout à l'heure avec quelle magnificence les Juges l'ont traité : ainsi, les fausses assertions de ces deux imposteurs sont récompensées. Il est vrai que celles qui les démentent ne sont pas punies. Mais on se contente d'absoudre ceux dont elles émanent. Le Juge du Bailliage auroit-il regardé comme un assez grand prix pour l'innocence, de sortir sans flétrissure de dessous sa main ?

§. I V.

Déclarons Marie-Josephe Hérissé atteinte & convaincue d'avoir fait au Châtelet, le 13 Mars 1773, UNE DÉCLARATION CONTRAIRE A SES DÉPOSITION, récollement & confrontation faits en ce Siège ; & Nicolas Hérissé atteint & convaincu d'avoir SOLLICITÉ ET PROVOQUÉ ladite Hérissé sa fille, à faire ladite déclaration ; pour réparation de quoi les condamnons à être bannis de la Ville, Prévôté & Vicomté de Paris pendant trois ans.

A combien de réflexions terribles donne lieu ce court passage !

1°. Voilà la rétractation de la fille Hérissé placée au rang des crimes. Dans le style de la procédure criminelle, qu'il n'est pas permis à des Juges d'ignorer ou d'employer au hasard, ces expressions, *atteint & convaincu,* ne s'appliquent qu'à des délits prouvés. Or observez qu'on ne dit pas ici que la rétractation soit fausse ou mendiée. Tout ce qu'elle a de répréhensible aux yeux des Juges, confiste en ce qu'elle est *contraire aux déposition*, *récollement & confrontation* qui l'ont précédée. Mais ces dépositions, &c. ne portoient que sur la prétendue subornation; elles ne contenoient donc que des calomnies, puisque le Comte n'en est pas moins déchargé. La déclaration qui y est contraire est donc conforme à la vérité que les Juges ont été forcés de consacrer. C'est donc la rétractation en elle-même, indépendamment de sa nature, qu'ils ont entendu punir comme un délit. Or je le demande, quelle est la Loi qui les y autorise? Je leur demande dans quel Code ils ont vû qu'un témoin, qui a eu le malheur d'outrager la vérité, ne devient coupable qu'à l'instant où il a l'équité de la reconnoître?

Quand les art. 11 & 21 du titre 15 de l'Ordonance Criminelle seroient en effet susceptibles du sens impie, abominable, qu'on n'a pas frémi d'y chercher à l'Audience, il n'y a point d'efforts qui pût en déduire l'interprétation à jamais effrayante que présente la Sentence. Si l'on peut penser que le Législateur, afin de préserver les témoins de la tentation d'altérer la vérité dès le commencement, a voulu mettre des obstacles à leur retour, au moins n'est-il pas permis de supposer qu'il ait eu intention de rendre ce retour impossible. Il en résulteroit donc qu'il faudroit, suivant la Loi, dans ce cas, tout à la fois livrer au suplice & l'innocent faussement accusé, dont la justification seroit certaine, & l'accusateur calomnieux qui auroit eu l'imprudence de céder à ses remords. Une pareille Jurisprudence pourroit être celle des esprits infernaux qui se plaisent dans la destruction des hommes & la multiplication des crimes. Elle ne sauroit être celle des ames honnêtes, des Législateurs sensés, des peuples chez qui l'idée de la Justice n'est pas absolument perdue. Le repentir d'un témoin, que sa conscience force à désavouer une imposture, ne peut donc jamais être un forfait; & sur cet article, le prononcé de la Sentence en est un.

2°. Si l'on vouloit absolument punir la fille Hérissé, & observer dans la rigueur le vœu de la Loi, il falloit la déclarer atteinte & convaincue d'avoir fait une déposition, un récollement, une confrontation *fausse*. On pouvoit rejetter sa rétractation, pourvu qu'on rendît une plainte nouvelle sur les dénonciations qu'elle renfermoit; mais alors il auroit fallu approfondir les véritables délits

délits que l'on ne vouloit point voir. Il auroit fallu impliquer dans la Procédure, & le Concierge Tesson, ami inséparable du Procureur du Roi, qui la dirigeoit, & le solliciteur Aubourg, que le Lieutenant Général garantissoit, avec la plus tendre affection, des indices sans nombre qui s'élevoient contre lui. Il auroit fallu enfin se livrer à des recherches qui auroient peut-être interrompu la procédure par la lumiere même qu'elles y auroient portée. On a trouvé bien plus simple, bien plus court, de décharger le Comte de Morangiés, malgré les dépositions, & de s'en tenir aux dépositions, malgré la rétractation; ce n'est, il est vrai, en apparence qu'une absurdité, mais les circonstances rendent cette absurdité atroce.

3°. Voici quelque chose de bien plus inconcevable; c'est la condamnation prononcée contre le malheureux Hérissé pere. Quel est son crime apparent? De quoi est-il déclaré atteint & convaincu? *D'avoir provoqué sa fille à faire ladite déclaration.* Mais où cette déclaration est fausse, ou elle est vraie: si elle est fausse, les dépositions subsistent, le Comte de Morangiés ne devoit pas être déchargé; si elle est vraie, le pere Hérissé qui y a porté sa fille a fait un acte de vertu, il ne devoit pas être flétri.

Jamais les Juges ne se tireront de-là. Si le Comte de Morangiés est innocent, le pere Hérissé ne peut pas être criminel; & si le pere Hérissé est criminel, le Comte de Morangiés ne peut pas être innocent.

Et depuis quand est-il permis à des Juges de punir un pere, parce qu'il est sensible & vertueux? Depuis quand est-il défendu à ce pere qui voit sa fille victime & complice d'une imposture, de lui ordonner de la révéler? Dans quel Tribunal, équitable du moins, osera-t-on lui faire un crime d'avoir fait usage du pouvoir que la Nature & les Loix lui donnent, pour ramener le remord dans le cœur de son enfant, & la vérité sur ses levres?

Aussi n'est-ce pas là au fond le véritable attentat qui a excité contre Hérissé tant de sévérité. Son délit réel, c'est de n'en avoir pas voulu commettre; c'est d'avoir refusé de se prêter à la passion des Adversaires du Comte de Morangiés; c'est de s'être obstiné à soutenir que la rétractation de sa fille n'étoit le fruit que du repentir & de la vérité. Si ce malheureux, dont il paroît que la misere n'a point étouffé la délicatesse, avoit voulu dire un mot, il

C

auroit à coup sûr été déclaré innocent comme Gilbert, & soudoyé
peut-être comme Gilbert, &c.

Ce mot, on le devinera sans peine, si l'on songe aux instances
pressantes qui ont été faites, à sa fille & à lui de déclarer que
c'étoit le Défenseur du Comte de Morangiés qui les avoit dirigés,
aux bruits sourdement répandus dans Paris, que la rétractation
du 13 Mars n'étoit due qu'aux efforts du Défenseur du Comte
de Morangiés, concertés avec M. le Lieutenant Criminel, à
l'imputation consignée dans le libelle, dont j'ai déja parlé, que
le Défenseur du Comte de Morangiés *fait semblant de ne pas
connoître le père Hérisse, & qu'il lui a composé un Placet
pour intéresser en sa faveur la charité de M. l'Archevêque de
Paris.* . . . *& que le Défenseur du Comte n'est sorti le jour de la
rétractation du Cabinet Criminel du Châtelet, où la fille venoit de
la dicter, que trois quarts d'heure après le départ de cette fille.*

Ces deux articulations seront comprises dans la Plainte qui va
être rendue au Parlement contre ce Libelle. L'Auteur les prouvera, ou il sera puni, parce qu'enfin, il est de l'honneur de la
Justice & de l'intérêt commun de la Société que de semblables
calomnies soient sévérement réprimées ; sur-tout dans une affaire
délicate, où la multiplicité des prévarications n'est pas sans doute
un titre pour en espérer l'impunité. Si l'on avoit pu acquérir
la moindre apparence de preuves, à l'appui de ces mensonges,
avec quel transport ne les auroit-on pas accueillies, puisqu'on ne
les en a pas moins hasardés, quoiqu'ils en soient destitués, & si
faciles à confondre ? Et si le sort du Comte de Morangiés doit
exciter la plus vive pitié dans tous les cœurs sensibles, qui d'entre eux verra sans indignation de quoi le mien a dépendu ?

Déclarons ladite rétractation nulle.

Soit qu'elle est nulle, vous le croyez, vous le voulez, vous
dites que c'est ce qui résulte de la lettre de la Loi ; j'y consens ;
mais les faits qu'elle contient ne le sont pas. L'Arrêt du 13 Mars
a ordonné qu'ils seroient approfondis : elle vous a chargés de les
instruire. L'avez-vous fait ?

D'abord il n'y avoit point de tems à perdre pour cette instruction ; le Jugement prenoit-on de dire à l'Audience, étoit tout prêt. Il devoit être rendu le jour même ou le lendemain, s'il ne l'étoit pas déjà. Si cet incident devoit le retarder, il falloit en accélérer l'inftruction afin de ne pas prolonger une captivité injufte, ou de ne pas différer une condamnation équitable. Cependant vous avez paffé onze jours entiers fans daigner même vous en occuper.

Quand il s'eft agi d'inculper le Comte de Morangiés, de le décréter, de l'emprifonner, la procédure a volé avec une rapidité inconcevable ; la plainte eft du 9 Février, fon écrou eft du 11. En deux jours les témoins ont été affignés, entendus, récollés ; les conclufions données ; le décret lâché & exécuté : voilà bien de la diligence.

Quand il s'agit de le juftifier, on eft onze jours entiers avant que de fe réfoudre à fe mettre en marche. Ce n'eft qu'après cet intervalle que la fille Hériffé eft entendue pour la première fois fur fa rétractation, & au bout de fix femaines ; il n'y a pas même encore de Plainte rendue fur fa dénonciation : voilà bien de la lenteur !

Cependant rien n'étoit fi férieux que ce qu'elle difoit. Elle inculpoit Gilbert, le Concierge Teffon, & un Marquis déguifé, mais dont le mafque peu épais n'empêchoit pas d'appercevoir le vifage d'Aubourg ; elle indiquoit des témoins, la prifon en regorgeoit. La mere demandoit à grand cris d'être entendue auffi ; pour réponfe, on n'entend point la mere. On la plonge dans le fecret le plus impénétrable ; on arrête fon pere à l'inftant où il apporte à fa malheureufe femme un peu de foupe, obtenue par charité ; on les prive tous deux de ce léger fecours, précieux à leur mifere : on féqueftre également le mari de la fociété.

D'efpace en efpace, on fait quelquefois reparoître la fille ; on l'intimide, on lui montre le gibet pour prix de fa fermeté ; on lui arrache chaque jour quelque défaveu de quelque portion de fa rétractation.

Inftruits de cette étrange maniere d'inftruire un Procès criminel, nous défignons des témoins ; on rit de nos inftances : nous fommons le Miniftere public de s'y rendre ; on brave nos fommations ; enfin elles ont été réitérées jufqu'à quatre fois, elles exiftent, elles font au Procès. Je demande aux Juges du Bailliage, à ces Juges qui déclarent la rétractation nulle, fi ces té-

C ij

moins qui devoient la juſtifier ont été entendus ; & s'ils ne l'ont pas été, je leur demande ce qu'ils veulent qu'on penſe de leur conduite & de leur Sentence ?

§. VI.

Et en ce qui concerne Jeanne-Anne Gigot , femme dudit Nicolas Hériſſe, ſur l'accuſation contre elle intentée , la mettons hors de Cour.

Je ne m'arrêterai point à chercher par quelle raiſon ſecrete cette femme n'eſt ni punie ni abſoute, & pourquoi n'ayant fait ni plus ni moins que les autres, elle n'a eu part ni à l'indulgence, ni à la ſévérité des Juges ; je me contenterai de citer ici trois lettres qui m'ont été écrites par elle, & qui ſeront jointes à la procédure.

MONSIEUR.

Sans avoir lhonneur detre connut de vous je ſuis la malheureuſſe femme Heriſſez qui prend la libertez de vous eerire pour vous faire part de mon ſurcroît de malheure. Mon mari venent hyer comme à lhordinaire pour me voire lon la fait reſter & monter a linterrogation dela au ſecret. que veulent til tirer de lui un homme qui ne ſe melle jamais de rien etent infirme unne maiſon à l'abahdon unne petite fille de quinſe an abandonné de tout ſan pere ni mere en aprentiſſage de qui nous païons toute les ſemaine ſa nourriture. Ne nous voiant plus lon vas la renvoyer que deviendra tel ou ira tel. Je ſuis dans la plus extreme douleur. Unne de perdut lautre abandonnée. quand jay parut devent Monſieur le lieutenent général ils ma promit *de me faire beaucoup de bien ou beaucoup de mal ſi je diſoit la veritez.* Lon ma mis dans unne tour ou lon ne voit ni ciel ni terre pendent quatre jours & quatre nuit je me recommende a vous Monſieur pour avoir petier de notre malheureux ſort je nay point monter depuis la premiere ſemaine de careſme par ce que lon eſt prevenut de ce que je doit dire naient dit ce que jay dit qua la grande ſolicitation de ma fille. Pour tacher pour eviter un malheure pareille à celui quel a ſubit cela ſera la cauſſe de ma mort. Je finit avec un deſſeſpoir extreme. *Votre très humble femme HERIESSEZ.*

Quoy Monſieur eſt ils poſſible que je ſoit toujours dans unne peinne auſſi affruſe comme cel ou je ſuis témoint de cel de mon mary qui me perce le cœur, de voire un pauvre homme que lon fait monter lier & garoter comme un criminelle par les conſeille de la Petit qui lattiroit chez elle & qui luy diſſoit quel ſçavon tout les jours tout ce qui ſe paſſoit

à la conciergerie qui a etez trouver ma fille au chatelet & qui la con-
seiller de parler comme elle fait que demande ton a un homme qui ne
cest jamais meller de rien & qui depuis quatre an quil a cette malheureuse maladie na plus sa teste a lui *ce que jay dit je lavoit dit pour sauver
la reputation de ma fille ainsi que la mienne mais parce que lon est prevenut que je veut presentement dire la veritez lon ma abandonnez* jay
beau faire scavoir que je veut monter lon ne mecoute pas. Puisque je
veut faire un acquit de ma conscience que ne me le permest ton. ainsi
Monsieur je vous regarde comme un quelquun qui doit soutenir les malheureux avec justice & equitter je vous prie Monsieur tirer nous de
lenfer ou nous sommes nous ne cesseront de pryer Dieu pour vous que
nous puissions mener cette petite qui nous reste avec tout les soint possible ainsi que jay toujours fait à lautre mais le Dieu tout puissant permettra peut etre quel en fasse un meilleure proffit faises pour nous Monsieur ce que vous feriez pour quelqun qui vous toucheroit & Dieu vous
recompensera. je vous prie de me faire scavoir mon sort ou bien toute
ma crainte est que le dessespoir ne sempart de moi de me voire confon-
dut comme je suis apres navoir connut que tout gens de probiter. je
vous demande en grace Monsieur de ne point faire scavoir que je prend
la libertez de vous ecrire car lon me feroit beaucoup de peine. la Petit
est au petit chatelet par decret lon dit quils sont ensemble avec ma
fille ainsi elle tachera de nous perdre sils elle peut mais jespere que la
veritez sera plus forte que le mensonge cest la Petit qui a fait arreter
mon mary cette malheureuse qui nous a desobligation infinie je sent
le village baigner de larmes & vous Monsieur avoir cette sensible servente
ayez pitier de nous je vous en suplie

femmme HÉRISSÉZ.

Pardonnez sil vous plait au sile de ma lettre car mon esprit est troubler.
Ce 4 Avril 1773.

Pardon Monsieur si je prend la libertez de vous ecrire pour cette fois
pour vous prouver le plaisir que jauray de pouvoir dire la veritez san
crainte puisque jay desja lhonneur de vous marquer que je vouloit la
dire que *ce que javoit dit les première fois netoit que parce que lon
avoit promit à ma fille la libertez & vingt cinq louis à moi meme.* M.
Pigeon la première fois que jay parut deuent lui ma prevenut quils etoit
pour me faire bien du bien ou bien du mal dans cette affaire. Jay bien com-
prit que cetoit de ma fille quil me vouloit parler & comme jauroit sa-
crifiter jusqua la dernière goutte de mon sang pour eviter un malheur
pareille ayant toujours vecu avec probiter *cela ma fait dire ce que mon
cœur dementoit ma bouche.* & enfin toutes les peines le secret la torte
ou a eté mis ... ma fait dire mon tant effreyer & faichaune si
grande force puisque quand lon men a retirer je navoit plus de connois-
sence mon fait dire tout ce que lon a voulut quand M. Pigeon a scut que
je me plaignoit que lon ne me faisoit point monter & que je vouloit
dire la veritez ils ma fait monter *a commencer par me faire des menasce af-*

C iij

freuffe quil maloit faire transferer au petit chatelet avec deux gardes & que jaloit voire comme jaloit etre arranger, ils ne ma point manquer de parolle *jy ay etez cinquente deux jours au pain & a leau fans parler a perfonne* ci ce neft au guichetier qui maportoit ce que je leur demardoit pour mon argent quil ma fait menger la cetoit le fept avril & ils ma fait revenir le feize ou jay fait encorre la meme depofition. Ils eft aiffet de le voire *ou ils ma traiter comme unne mifferable & que je netoit point encore de fitot* or *de mes peine & qu'ils mauroit garder a linffirmerie de la conciergeries mais que puifque jetoit obfliner a continuer a vouloir dire differament de mes premiere, depoffition quil continuroit auffi a me faire le plus de peine quil pouroit* jay eut beau lui repreffenter letat ou jetoit que je faiffoit pitier jufquau concierge meme que javoit la fievre tout les jours cela ne la point toucher & que cetoit bien la veritez que je diffoit dans ceft deux derniere ils ma dit quil fcavoit que cela netoit point vrai & quils *fcavoit que javoit recut de largent de Monfieur le Compte de Morengies.* Je luy ay bien foutenut que cela netoit point vray & ils eft vray que je nen ay jamais recut oui jay fait acroire a ma fille quil men avoit donner mais cela eft faut cetoit de la marchandife que javoit que jay vendut & ce que mon mary me donnoit qui mon fait fournir a ma fille & a moi meme largent que jay citer mais pourquoi que cette derniere fois cy quand lon mes venut chercher au petit chatelet avent que de me faire monter devent ceft meffieurs lhuiffier meft venu chercher enbas & ma dit que *fi je diffoit comme javoit fait ci devent que je ne feroit plus de fecret & que jauroit linfirmerie* comme je ne pouvoit plus me foutenir & que je perdoit la tefte *jay dit ce quils on voulut* mais je fen ma confcience qui me reproche fen ceffe je ne veut point damner mon ame ni mon corps que lon me faffe ce que l'on voudra je me foumeft au jugement equitable que jattend & que la Cour voudra bien pardonner a un efprit auffi fatigue que le mien de meme que mon temperament & vous Monfieur que vous voudrez bien avoir pitier de moi & prendre mes interet de meme que vous avez fait pour les autres. Mais pourquoi que dans mes depofitions que jay fait avent que detre emprifoner non toujours etez quau fujet de Gilbert de tout ce que jen connoiffoit & que *depuis que M. Pigeon na jamais voulut que jen reparle* & que quand cela venoit a propos M. Pigeon me diffoit toujours *cela neft point neceffaire* parce que je vouloit toujours lui prouver quils navoit perfonne qui puiffe mieux prouver que moi quils navoit *jamais connut les Dujonquay* oui jay toujours entendut dire dans la prifion que cetoit Gilbert qui avoit folliciter ma fille a demander a monter au Baillage & a dire tout ce quel a dit & quel auroit fa libertez & vingt cinq louis puifquel mellavoit marquer par unne lettre avent que je fut arreter je finit je voudroit bien avoir l'honneur de vous en dire davantage mais la fatigue de mon efprit m'en empêche Votre tres humble femme HERISSEZ.

Il eft probable que fi ces trois lettres avoient été produites plutôt, le fort de celle qui les a écrites auroit changé. Le Baillage auroit pu ne pas la juger fi doucement. S'il a regardé & puni comme un crime une rétractation qui n'alloit qu'à la décharge du Comte, comment auroit-il traité une dénonciation qui va fi directement à la charge du Juge? Quand l'inftruction nouvelle, l'addition d'information que le Parlement d'après ceci, & bien d'autres indices, ne peut fe difpenfer d'ordonner, auront été faites, on verra fi la prife à Partie eft fondée ou non.

§. VII.

Déchargeons Pierre Gilbert de l'accufation contre lui intentée, ordonnons qu'il fera élargi.

§. XIV. *Condamnons en outre le Comte de Morangiés en 3000 livres de dommages-intérêts envers ledit Gilbert par forme de réparation civile.*

Cet article n'eft pas le plus révoltant de la Sentence; mais c'eft le plus inconcevable. Gilbert eft chargé par une foule de témoins. Six entr'autres dont deux militaires en grade, l'ont entendu dire à une Courtiere nommée Petit *qu'elle le feroit pendre fi elle difoit la vérité fur l'époque de fa connoiffance avec Dujonquay*, & tous les faits de fa dépofition. Si cette femme a adouci l'accufation portée contre lui, il eft prouvé au procès qu'il a acheté fon filence : mais affurément il n'a point prouvé qu'il n'ait point dit ce que les autres témoins déclarent lui avoir entendu dire. Il eft convenu qu'il s'eft trouvé le jour & au moment défigné dans la chambre indiquée. Quand il y auroit, comme on a prétendu, quelques différences entre quelques particularités indifférentes des dépofitions, le fait effentiel de l'aveu forti de fa bouche n'en eft pas moins conftant. S'il n'y avoit pas de quoi le condamner à une peine capitale, au moins avouera-t-on qu'une charge ainfi juftifiée peut difficilement motiver une abfolution.

Cependant, non-feulement on l'abfout, mais on lui accorde des dommages-intérêts, & cela *par forme de réparation civile*; qu'on prenne garde à ces termes. Il femble que les Juges aient choifi tous ceux qui pouvoient compromettre leur Jugement. La réparation civile fuppofe quelque chofe de criminel de la part de celui contre qui elle eft prononcée. Or ici quel crime peut-il y avoir? Ce ne feroit que la fubornation, envers Gilbert; mais eft-ce le Comte de Morangiés qui en feroit coupable? Non. Il en eft déchargé. Sont-ce les témoins? Pas davantage. Ils font déchargés auffi. Quel eft donc le motif de la reparation civile? Les Juges fe feroient-ils trompés, & cette grâce de leur part fe feroit-elle trouvée par la méprife du rédacteur appliquée à Gilbert, tandis que dans leur intention c'étoit contre lui qu'elle devoit être prononcée? Il n'y auroit pas du moins d'autre moyen pour excufer une inconféquence de cette nature.

Il y a plus; ce ne font pas feulement la juftice & la raifon qui fe trouvent violées par cette étonnante difpofition; la forme même que les Juges auroient au moins dû refpecter eft également bleffée. Il n'y a que l'accufateur ou le dénonciateur contre lequel on puiffe prononcer une femblable peine. Or ici le Comte de Morangiés n'étoit point Accufateur; rien ne prouvoit aux Juges qu'il fût dénonciateur; c'eft à la Requête du Procureur du Roi feul que Gilbert a été décrété. S'il avoit pris cet Officier à partie, comme le fera le Comte de Morangiés, s'il l'avoit forcé à nommer fon dénonciateur; que fur cette nomination juridique le Comte eût été mis en caufe, la réparation Civile prononcée contre lui auroit été conforme aux regles, quoique contraire à l'équité; mais condamner le Comte, lorfque c'eft le Procureur du Roi feul qui paroît & qui agit; punir le Comte fans favoir s'il a feulement eu la moindre part à la démarche du Procureur du Roi, c'eft trop manifefter qu'on vouloit abfolument le perdre; c'eft trop indiquer que les Juges ont été au-devant de ce qu'on ne voyoit pas; & qu'en agitant fans ordre la terrible balance qui leur a été confiée, leur unique attention a été d'appefantir le côté du Comte, comme d'alléger celui de fes Adverfaires.

Et qu'on me permette ici une réflexion qui fe préfente d'elle-même. Il eft bien malheureux pour Aubriot de n'avoir pas été décrété auffi. Il a été chargé comme Gilbert par des témoins irréprochables & conftans. Il a été convaincu, comme Gilbert, par fes propres aveux. Les témoins qui l'ont confondu ont, comme ceux qui ont démafqué Gilbert, effuyé de la part du Juge un traitement tout différent. En difant la même chofe, les uns ont été précipités dans les cachots, les autres ont confervé leur liberté. S'il avoit eu, comme Gilbert, le bonheur d'être décrété & appellé dans une prifon, que la complicité du Concierge auroit
adoucie

adoucie pour lui comme pour Gilbert, qui doute qu'il n'eût obtenu, comme Gilbert, des dommages-intérêts ? Il a l'honneur
d'être Commis aux Aydes ; dans l'ordre social un garde des Fer-
mes est quelque chose de plus qu'un cocher sans condition. Celui ci ayant reçu de la munificence de ses Juges mille écus de
dommages-intérêts, leur générosité auroit au moins doublé le
salaire de l'autre. Il est facheux que cette idée ne lui soit pas venue
plutôt, & que des égards poussés trop loin dans le principe l'aient
privé en définitif d'une aubaine si douce.

§. V I I I.

Déchargeons pareillement Françoise-Genevieve Gaillard, &
François-Liegard Dujonquai, des accusations contre eux inten-
tées.
   §. XIV. *Condamnons le Comte de Morangiés en 20000 livres*
de dommages - intérêts envers la femme Romain & Dujonquai.
   §. XV. *Condamnons ledit Comte de Morangiés, Debruguieres*
& Dupuis solidairement en 1500 livres de dommages-intérêts,
aussi par forme de réparation civile envers lesdits. . . . .

   Il étoit difficile que l'absolution des complices & les largesses
à eux prodiguées, ne s'étendissent pas jusqu'aux auteurs de la manœuvre. Le tems révelera sans doute comment étoient tournées
ces accusations dont on les décharge, & qui n'ont motivé contr'eux qu'une procédure si bénigne ; mais il est bon d'observer
dès-à-présent, que le solliciteur Aubourg, plus adroit ou plus
heureux que le faux témoin Aubriot, sans avoir eu part au mar-
tyre de ses associés, a trouvé moyen de s'en assurer une considé-
rable à leur bénéfice : s'étant fait donner dans son marché avec
eux le tiers de tout ce qui pouvoit leur revenir, tant du capital
que des dommages-intérêts, il se trouve par l'attention bienfai-
sante des Juges avoir droit juste à 106966 livres 13 sols 4 deniers,
non compris sa part dans les intérêts accordés par la Sentence
comme on le verra tout-à-l'heure, & 15000 livres par une es-
pèce de préciput que la veuve Veron lui assure dans le marché
originaire, pour l'indemniser de toutes les avances que pourra
lui occasionner ce procès. Quel beau rêve pour lui ! Se flatte-
t-il sérieusement de le voir se réaliser ? Non, il n'a pas si mauvaise idée de la Justice.

D

§. IX.

Déclarons Jean-François Debruguieres , atteint & convaincu
d'avoir commis envers ladite femme Romain & ledit Dujonquai
les excès , violences & mauvais traitemens mentionnés au procès ;
pour réparation de quoi , ordonnons que ledit Debruguieres
sera mandé en la Chambre pour y être blâmé , lui faisons défenses
de récidiver & d'user à l'avenir de pareilles voies ; sous peine de
punition corporelle ; le condamnons en 10 livres d'amende envers
le Roi.

Le sieur Debruguieres s'est justifié lui-même par un Mémoire
plein de solidité , auquel les Verons se sont bien gardés de répondre ; ils ont senti qu'il leur seroit plus aisé d'obtenir une Sentence du Baillage, que de présenter des raisons capables de la
justifier ; ils ont gardé le silence , & l'événement a prouvé qu'ils
étoient bien conseillés ; mais nous ne sommes plus au Bailliage.
Il faut espérer que la justification du sieur Debruguieres produira
enfin ici son effet.

Le Comte de Morangiés n'a point d'intérêt à s'en charger ;
mais puisqu'ils sont tous deux réciproquement victimes des intérêts de leurs ennemis , puisque le sieur Debruguieres n'est sacrifié
que parce qu'on avoit besoin de sa perte pour assurer celle du
Comte de Morangiés ; puisque le Comte de Morangiés n'est condamné que sur le prétexte du délit imputé au sieur Debruguieres ,
leur Cause devient commune , ainsi que leur innocence , & leurs
moyens sont inséparables. Disons donc encore un mot pour la
défense de cet infortuné ; dont tout le crime est d'avoir été associé
à un ministere délicat , & de n'avoir pas prévu combien le crime
pouvoit trouver de ressource dans l'abus des formes judiciaires ;
esquissons quelques-unes des réflexions que présente cet article.

1°. Si le sieur Debruguieres étoit réellement coupable , ce ne
seroit que comme complice du Comte de Morangiés ; l'un se
seroit prêté aux vues de l'autre , & l'Agent de la Police n'auroit
été que celui de l'Officier Général. Or par quelle étrange singu-
larité l'instrument est-il ici traité plus sévérement que le moteur ?
Si la Sentence du Bailliage subsistoit, le Comte de Morangiés ,
comme on le verra, ne seroit qu'admonesté , & le sieur De-

bruguieres feroit blâmé; d'où vient la différence, eſt-elle ici en raiſon inverſe de ce qu'elle devroit être?

2°. La même abſurdité relative qui ſe trouve ici dans la gradation des peines n'exiſte pas moins eſſentiellement dans leur diſtribution individuelle. De quoi le ſieur Debruguieres eſt-il déclaré atteint & convaincu? Des violences & mauvais traitemens mentionnés au procès; il ſemble qu'il auroit fallu ſur le champ en énoncer l'objet. Un homme ne ſe porte point à de ſemblables excès ſans raiſon; ces raiſons, dans un cas comme celui-ci, décidoient l'idée qu'on devoit avoir de l'action, & la rendoient ou ſuſpecte, ou excuſable. Dès qu'on puniſſoit le ſieur Debruguieres, c'étoit en prononçant ſon châtiment qu'il falloit ſpécifier en quoi ſon intention avoit été criminelle; il falloit dire qu'il étoit atteint & convaincu, non-ſeulement d'avoir commis les violences, mais d'avoir eu, en les commettant, un deſſein formé d'arracher les célebres déclarations du 30 Septembre. On ne peut pas lui imputer d'autre délit.

Il eſt vrai qu'alors la diſproportion de la peine, rapprochée de l'énormité du crime, ſeroit devenue plus frappante. Le ſieur Debruguieres étant déclaré convaincu d'avoir forcé, par des menaces, des coups, &, pour parler la langue de nos Adverſaires, par une continuité de tortures, des Citoyens ſans appui de ſigner leur ruine & leur deshonneur, d'avoir contraint des innocens à s'avouer coupables, de leur avoir enlevé toute leur fortune pour l'aſſurer à un ſcélérat titré, & mériter la reconnoiſſance de l'un en écraſant les autres à ſes pieds; on n'auroit pas vu ſans ſurpriſe & ſans indignation un pareil homme condamné à un ſimple blâme: on ſe ſeroit récrié à haute voix contre une indulgence meurtriere qui auroit livré déſormais l'exiſtence de tous les Citoyens à la perverſité de toute ame capable d'être plus flattée de la récompénſe attachée à de pareils excès, qu'intimidée d'une punition propre à être enviſagée comme une grace.

D'un autre côté, d'après la procédure même, dans l'impoſſibilité d'y impliquer Mᵉ le Chauve & Mᵉ Chenon, garans de l'innocence des Agens de la Police en ce fait, ou complices de leur malverſation, il n'y auroit pas eu moins de contradiction & d'abſurdité à prononcer un Jugement rigoureux contre le ſieur Debruguieres ſeul.

Qu'ont donc fait les Juges? Ils ont adroitement ſéparé la

peine & le crime; ils ont ici condamné le sieur Debruguieres
pour des violences isolées; ils ne lui reprochent point d'intention répréhensible, mais seulement un emportement indiscret;
par-là, ils semblent autorisés à mitiger le châtiment; ils ne rap-
pelleront le délit que trois articles plus bas, quand ils auront
terminé tout ce qui concerne la punition, & qu'il ne s'agira plus
que de prononcer sur la validité des déclarations, d'exterminer
ces pieces inanimées, dont le silence même est cependant si redoutable. Dans le reste, on peut accuser les Juges d'avoir fait
peu d'usage de leur raison, mais ici on ne leur reprochera que d'en
avoir abusé.

3°. Non-seulement ce manege prouve assez qu'à leurs yeux
mêmes les prétendues violences du sieur Debruguieres n'avoient
rien de criminel, mais ne démontre-t-il pas que la procédure n'en
porte aucun indice? Les Juges supérieurs la verront, & ils ap-
précieront les conséquences qui en résultent; ils peseront au poids
de l'équité les circonstances où se trouvoit le sieur Debruguieres, les particularités qui ont accompagné & motivé ses prétendus
transports, les réponses, les réticences des Dujonquay chez Me
le Chauve, les dépositions de cet Officier, celles de ses Cleres,
du Commis du sieur Dupuis, du sieur Dupuis lui-même, du
Commissaire Chenon; ils verront si ces mauvais traitemens, qui
ont acquis long-tems après leur époque une consistance si terrible, ne sont pas un de ces fantômes qu'il faudra s'attendre à voir
renaître dans tous les procès de la même nature, si l'on paroît en
faire cas dans celui-ci; ils verront si l'ardeur du sieur Debruguieres n'étoit pas justifiée par tout ce qu'il avoit vu, par tout
ce qu'il voyoit, & si en la supposant indiscrete, cette indiscrétion
ne partoit pas plutôt d'un vif desir de manifester la vérité, que
d'une envie honteuse de l'étouffer.

Qu'on imagine un homme jeune, sensible, d'un caractere im-
pétueux & honnête, sortant du Service après la réforme de la
paix, aspirant à une place où la délicatesse du Magistrat qui pré-
side à la Police, ainsi que son amour pour le bien public, n'admet que des hommes éprouvés du côté du zele & de la probité;
il est chargé de faire des informations sur les facultés d'une famille
obscure, dont toute la distinction est d'être inscrite sur les registres
d'une prêteuse sur gages, comme ayant concouru activement &
passivement à lui donner des ocasions d'exercer son vil métier.

D'une part, cette famille prétend avoir prêté en une fois cent mille écus, sur de simples billets, à un homme d'un nom illustre, honoré d'un grade éminent: de l'autre, celui-ci se pourvoit contre ce prétendu prêt, & se plaint qu'on lui en a frauduleusement surpris les titres.

L'Inspecteur chargé d'approfondir les plaintes respectives, introduit dans l'habitation des prêteurs, n'y voit que des indices de misere & d'embarras. Il est témoin de leurs réponses contradictoires, absurdes, chez l'Officier à qui le soin préliminaire de les examiner est confié. Il les entend parler d'un trésor de cent mille écus enfoui pendant trente ans, & dont l'origine est aussi mystérieuse que la découverte; d'un trésor clandestinement soustrait à la succession d'un homme mort insolvable, clandestinement recelé dans l'étude d'un Notaire mort depuis long-tems; clandestinement promené d'un troisieme étage de la rue Saint-Jacques à Vitry - le - François, où il n'a garanti ses possesseurs d'aucun des inconvéniens, ni même des soupçons attachés à l'indigence; clandestinement diminué par des dépenses journalieres qu'une économie stupide prenoit sur le fonds; clandestinement renflé par la vente inconnue d'une infinité de diamans inconnus aussi, faite dans une petite ville à des Juifs forains, dont il est également impossible de retrouver la trace; clandestinement ramené de la Champagne sur une charrette avec du foin & de la batterie de cuisine; non moins clandestinement remonté à un autre troisieme étage, encore dans la rue S. Jacques, & enfin tranféré toujours avec le même secret, sans que personne s'en soit apperçu (1), par le propriétaire seul, à pied, en treize voyages, auprès des Carmelites, & là échangé sans examen contre quatre billets qui ne produisoient pas même d'hypotheque.

Il combine ce système extravagant avec la déclaration nette, ferme & précise du Maréchal de Camp. Celui-ci dit: je suis obéré par une malheureuse facilité. J'ai eu par un autre malheur celle de chercher des ressources dans les secours ruineux des usuriers. Une Courtiere de ce vil agiotage m'a fait connoître le le jeune homme & la femme que voici. Ils se sont donnés à moi comme des agens zelés, qui prêtoient leur ministere à ces négociations ruineuses, que l'avarice & le besoin d'argent rendent si communes aujourd'hui dans Paris. Ils ont exigé que je leur confiasse des billets pour me chercher des espèces. Afin de motiver ma confiance, ils m'ont remis comptant une somme de 1200 livres

* Chez Me Lechauve, Dujonquay ni sa mere n'ont pas dit un mot de la rencontre de Gilbert, d'Aubriot, de la Tourtera.

en attendant les 300,000 l. qu'ils devoient me procurer. A peine nantis de mon papier qu'il n'avoient reçu que pour un prêt projetté, ils ont trouvé commode de le donner comme la preuve d'un prêt consommé. Ils croient trouver dans cet abus de confiance un moyen abrégé de faire une fortune rapide. Vous, Miniſtres de la Police, qui découvrez & prévenez tous les jours des eſcroqueries de cette eſpece, garantiſſez moi de celle-là; c'eſt votre devoir & l'intérêt commun de la ſociété.

Je demande quel eſt l'homme honnête qui dans ce moment, abſtraction faite du fond & de tout ce qui a pu être découvert depuis, auroit pu balancer entre le Comte de Morangiés & ſes Adverſaires; je demande qui n'auroit pas imité le ſieur Debruguïeres?

Que dans ce moment, d'après ce préjugé, ſi l'on veut, dont tout faiſoit une vérité pour lui, les deux perſonnages convaincus à ſes yeux s'obſtinent à nier un fait qui paroit prouvé; qu'ils s'opiniâtrent ſans moyens à ſoutenir une eſcroquerie qui ſemble démontrée; qu'en ſe coupant dans leurs réponſes, en ſe démentant à chaque mot, ils laiſſent cependant entrevoir une détermination invincible à s'approprier des billets dont on doit croire qu'ils n'ont ni fourni ni pu fournir la valeur, ſera-t-il étonnant que l'homme honnête & ardent que j'ai dépeint s'indigne; que ſon zele ſe révolte contre cette audace; qu'il annonce combien il en eſt peu la dupe; qu'il lui échappe quelques termes énergiques par leſquels il l'apprécie; qu'en voyant ces deux coupables eſſayer de s'approcher pour ſe concèrter ſur les queſtions embarraſſantes qu'ils eſſuient, il les écarte, qu'il les ſépare ſans s'aſtreindre aux ménagemens que la politeſſe preſcrit dans les occaſions ordinaires: [& voilà à quoi, d'après la procédure même, ſe réduiſent les prétendues violences] qui oſera lui en faire un crime ?

Qu'on ſonge à l'aſcendant qu'ont & que doivent néceſſairement avoir, par la nature des choſes, les agens de la Police ſur des êtres de cette eſpece; qu'on ſonge que ſi la crainte d'un plus grand mal engage l'adminiſtration à tolérer dans une grande Ville, telle que Paris, le fléau des uſuriers, la néceſſité de réprimer l'excès de leur cupidité exige qu'ils ſoient en quelque ſorte ſous l'empire immédiat des Officiers chargés de les ſurveiller; que tous les jours des familles honnêtes, des Citoyens utiles doivent leur ſalut à cette rigueur ſalutaire employée quelquefois ſans

l'intervention des formes; que dans la lifte immenfe des efcro-
queriés de toute efpece que la vigilance de la Police fait avorter
ou rend infruétueufes chaque année, il n'y en a pas une qui n'eût
un fuccès auffi heureux que celle des Dujonquay, fi l'on en faifoit dépendre le fuccès-des détails d'une procédure, de la corruption ou de la foibleffe des témoins, de la prévention des Juges, fi
les agens deftinés a intimider les coupables, par une intervention
rapide, font intimidés eux-mêmes par la réclamation & l'appli-
cation abufive des regles qui ne font pas faites pour ce genre d'affaires; & l'on commencera à voir fi le fieur Debruguieres, quel
qu'ait été fon emportement fuppofé, a pu mériter une condamnation humiliante.

4ᵈ. Mais après tout, quelles en ont été les fuites, de cet emport-
tement? Où eft donc la preuve de ces coups, de ces mauvais traitemens? Dujonquay affirme dans fes Requêtes, dans fes écrits,
qu'il a été *battu*, qu'il a eu affaire à un *bourreau*, qui *l'a torturé*,
qu'il avoit l'eftomac tout *noir*, tout *meurtri*, tout *couvert de con-
tufions*, &c. Mais, au moment où il a été en prifon, il a pu requérir la vifite des Chirurgiens, & faire dreffer procès-verbal de fon
état; pourquoi s'en eft-il abftenu? Quand il a paru devant M. le
Lieutenant Criminel il a pu faire mention de ces fupplices, & en
montrer les marques; d'où vient fon filence?

Je ne me fuis pas tû, dira-t-il. J'ai parlé des violences, des affauts
que j'avois eu à endurer. Vous en avez parlé! Et quelle preuve
en avez-vous produite? Les boutons de cuivre de ma redingotte
fauffés en plufieurs endroits. On ne le croira pas peut-être; mais
voilà cependant exactement, littéralement, la feule, l'unique
trace qu'ait pu produire cet infortuné martyr de la plus criminelle
inquifition, des violences affreufes qu'il prétend avoir effuyées
chez Mᵉ le Chauve.

Maintenant, de ce ridicule indice qui ne prouve rien par lui-
même, puifqu'il faudroit favoir fi c'eft à un coup, ou à leur vétufté
que les myftérieux boutons étoient redevables de leur mauvais
état, rapprochons les dépofitions de Mᵉ le Chauve, du fieur Dupuis, de leurs Clercs & Commis, qui n'ont rien vu de femblable
à ce que les Dujonquay articulent; rapprochons-en la conduite
de toute la famille opprimée, dit-on, fes procédés pendant les
premiers jours qui ont fuivi cette prétendue fcene d'iniquités.

Dujonquay & fa mere font en prifon. Son aïeule & fes fœurs vont implorer la pitié du Magiftrat qui préfide à la Police. Qui choififfent-elles pour médiateur ? C'eft le fieur Debruguieres. Il les engage à aller voir leurs parens au Fort-l'Evêque. Elles s'y tranfportent : qui prennent-elles pour guide dans cette vifite ? c'eft le fieur Debruguieres.

Jufques-là elles pouvoient ignorer les faits & carreffer un ennemi qui ne fe montroit que fous des dehors bienfaifans. Mais elles voient les prifonniers, elles leur parlent. Si Debruguieres avoit la veille fi cruellement abufé de fon pouvoir contre eux, leur premier mouvement n'auroit il pas été d'horreur à fa vue ? N'auroient-ils pas averti la grand'mere avancée en âge & les jeunes fœurs de s'en défier ? Avoient-ils quelque chofe de plus intéreffant à leur raconter que les barbaries de la nuit précédénte ? Point du tout, ils n'en difent pas un mot : les uns voient le fieur Debruguieres fans haine, les autres continuent à le fuivre avec reconnoiffance.

Ils fe féparent. L'aïeule & les petites retournent à la Police. Qui confervent-elles encore pour compagnon ? c'eft toujours le fieur Debruguieres.

Le lendemain elles veulent écrire un Mémoire, une lettre au Magiftrat pour exciter fa commifération. A qui vont-elles s'adreffer pour apprendre comment il faut la rédiger ? c'eft au fieur Debruguieres. Les jeunes fœurs vont chez lui. Elles écrivent fous fa dictée un brouillon, qu'il prend la peine de corriger de fa main. C'eft cette lettre fameufe, dictée avec fimplicité, reçue avec reconnoiffance, & dont on a cependant effayé depuis de tirer un parti fi cruel, mais qui heureufement comme tout le refte eft diamétralement oppofé à la raifon.

On a feint d'en conclure férieufement que le fieur Debruguieres avoit voulu induire par-là les fœurs Dujonquay à fe déclarer les accufatrices de leur frère & de leur mere ; on a été jufqu'à lui faire un crime d'avoir, de fa main, écrit le nom de ces jeunes perfonnes au bas de la prétendue lettre, comme s'il avoit commis un faux dans l'efpérance d'en impofer au Magiftrat. On ne conçoit pas comment les abfurdités qui fe font accumulées à chaque ligne, à chaque mot dans les défenfes des Veron, ne les ont pas décréditées fur le champ.

Cette lettre, ils en conviennent, étoit pleine de ratures. Elle étoit

étoit écrite de deux mains ; ce n'étoit donc qu'un brouillon, une minute informe, qui ne pouvoit point arriver au Magiſtrat. La circonſtance des noms ſignés par Debruguieres étoit donc indifférente, puiſqu'il falloit les recopier, ainſi que le corps du Placet. Il ne les avoit figurés au bas que pour indiquer à ces jeunes perſonnes peu accoutumées à écrire à un Magiſtrat, l'arrangement matériel que devoient avoir les ſignatures.

Il avoit fait des corrections de ſa main dans le corps de la lettre ; & on a oſé plaider, imprimer qu'une des petites-filles, celle qui ſervoit de ſecrétaire, avoit eu la ruſe d'écrire mal exprès, d'orthographier imparfaitement, afin d'amener le tyran de ſa famille à réformer lui-même ſes fautes, & à fournir ainſi contre ſes ſéductions un témoin irrécuſable. Cette politique feroit beaucoup d'honneur à la ſubtilité précoce de l'enfant. Elle en fait bien peu à la droiture des inventeurs qui la lui ont depuis ſuppoſée.

D'abord la maniere d'écrire du ſieur Dujonquay, dont l'éducation devroit ce ſemble avoir été plus ſoignée à cet égard que celle de ſes ſœurs, prouve aſſez que celles-ci n'avoient pas beſoin d'employer l'artifice & la réflexion pour manquer aux regles du ſtyle en écrivant.

Mais enſuite, ſi réellement l'intention du ſieur Debruguieres avoit été criminelle en rectifiant leurs fautes, ſi ſon deſſein avoit été d'abuſer de ce brouillon, ainſi réhabilité, pour les rendre délatrices de leur frere, ſe feroit-il deſſaiſi de la piece qui contenoit la délation ? Eſt-ce dans leurs mains qu'il l'auroit laiſſée ? N'auroit-il pas eſſayé de profiter de leur complaiſance apparente, & dont il ignoroit les motifs, pour les amener à lui donner un monument complet ? Auroit-il été le premier à les preſſer de faire voir à leurs parens, à leurs amis, à leurs Conſeils, ce modele qu'il leur abandonnoit ? Ce n'eſt qu'en reſtant dans ſes mains que la lettre pouvoit devenir dangereuſe ; & c'eſt parce qu'elle en eſt ſortie, qu'on veut la rendre ſuſpecte !

Tout force donc à penſer, tout prouve que le ſieur Debruguieres, loin d'avoir contribué à opprimer cette famille, en a été le conſolateur & l'oracle, juſqu'au moment où des réflexions plus profondes & des conſeils plus adroits ont ſuggéré l'idée de l'accuſer d'en avoir été le bourreau. Son procédé eſt par-tout ce-

E

lui d'un homme honnête & fenfible. S'il s'indigne, s'il s'emporte, c'eft contre l'obftination des coupables; dès qu'il les voit repentans, il compatit à la douleur de leur famille; il en effuie les larmes; il s'empreffe à leur procurer les moyens de défarmer la jufte févérité du Magiftrat. Il eft aifé, avec des déclamations & une procédure irréguliere, de rendre une pareille conduite fufpecte; parce que, comme en littérature le fublime eft fouvent voifin du ridicule, de même en fait de procédé, il n'eft point rare que des démarches deviennent fufceptibles d'une interprétation maligne, en raifon de ce qu'elles font plus nobles & plus défintéreffées. Mais cette accufation née de l'intérêt, cette accufation dont le motif eft auffi évident que l'abfurdité en eft palpable; cette accufation que rien ne juftifie, & que tout dément, ne fera pas fans doute d'impreffion fur les Juges fupérieurs qui vont l'approfondir.

Ils verront que la conduite du fieur Debruguieres en cette occafion ne peut être attribuée qu'à une vivacité dont le principe étoit louable, & qui a mille fois mérité à fes confreres les éloges des Magiftrats comme la reconnoiffance des Citoyens qu'ils avoient fauvés. Ils verront que fi par la fatalité des circonftances, par les interprétations odieufes qu'on y a données, par les impoftures criminelles qu'on y a jointes, par l'abus des procédures qu'on s'eft permis, on eft venu à bout d'empoifonner des détails innocens en eux-mêmes, & que la feule maniere de les envifager peut faire paroître répréhenfibles, fa faute, quelle qu'elle foit, eft plus que fuffifamment expiée par dix mois de la captivité la plus rigoureufe, par la perte de fa place & de fes efpérances, par celle de fa fortune, par les déclamations horribles dont il eft devenu l'objet, & dont il peut être vengé, mais non pas indemnifé.

Le feul fait prouvé dont on puiffe lui faire un reproche fondé en apparence, c'eft d'avoir ordonné que dans le chemin, depuis la maifon de M^e le Chauve chez le Commiffaire, on liât les mains à Dujonquay dans la voiture qui le transportoit; mais cette précaution, il a cru devoir peut-être la prendre pour fa propre fureté, pour affurer la tranquillité du trajet; l'indocilité, la fureur du jeune homme la rendoient néceffaire; il avoit voulu faire des violences lui-même dans la rue, & s'évader par force. Il faudroit avoir été préfent à l'ordre & à fon exécution, pour apprécier l'un & l'autre; mais en fuppofant qu'il eût pu s'en difpenfer, au moins doit-on convenir qu'il y a plus que compenfation de mauvais traitemens entre le sieur Debruguieres & Dujonquay.

Celui-ci n'a souffert par l'ordre de l'autre des liens qu'une fois, qu'un instant dans l'obscurité de la nuit, dans l'intérieur d'une voiture. Il n'a pas été une minute au secret au Fort-l'Evêque. La sévérité qu'il peut avoir éprouvée depuis dans une autre prison, ne peut être imputée aux mains qui l'avoient conduit dans celle-là.

Le sieur Debruguieres, depuis le moment où il a été précipité dans les cachots, a été presque sans cesse au secret le plus rigoureux, accompagné des circonstances les plus aggravantes, & les plus faites pour indigner les Juges quand ils en seront instruits. Chaque fois que le Lieutenant général du Bailliage lui a fait revoir la lumiere pour subir des interrogatoires, il y a été traîné avec un éclat révoltant, au milieu du jour, à des heures choisies exprès, à des heures où l'on savoit que la populace pouvoit le voir & l'insulter; toujours chargé de fers; dont le bruit pût avertir de sa sortie cette espece d'hommes qui étant accoutumée à regarder comme des tyrans les agens que la Police emploie à la contenir, accouroit de toutes parts pour jouir de l'humiliation d'un de ses prétendus persécuteurs.

En voilà bien assez sur le fait isolé des violences considérées en elles-mêmes. Suivons la marche de la Sentence, nous en approfondirons tout-à-l'heure le but & les effets.

§. X.

Déclarons pareillement le sieur Dupuis atteint & convaincu d'abus d'autorité dans l'exécution des ordres dont il a été chargé, & de n'avoir pas empêché, comme il l'auroit dû faire, lesdits excès, violences & mauvais traitemens; pour réparation de quoi ordonnons qu'il sera mandé en ladite Chambre pour y être admonété.

Encore atteint & convaincu! De quoi? De deux délits; 1°. d'abus d'autorité dans l'exécution des ordres. De qui ces ordres? Les Juges n'ont osé le spécifier. Ils ont cherché un échappatoire adroit: ce sont les ordres *dont il a été chargé*. Mais ces ordres étoient des ordres du Roi.

Nous sommes bien éloignés de vouloir toucher ici à une question délicate qui n'a déja occasionné que trop de discussions abusives, & dont la folution n'auroit peut-être pas autant d'avantage que l'examen en auroit de dangers ; mais enfin ces ordres font refpectables en eux-mêmes ; leur feule exiftence doit mettre à l'abri des recherches les Officiers qui les exécutent, & qui font forcés de les exécuter ; ils ne feroient puniffables que dans le cas où ils les auroient excédés.

Mais ici, les Juges qui ont déclaré le fieur Dupuis convaincu d'abus d'autorité dans leur exécution, en ont-ils eu connoif-fance ? en ont-ils fixé & conftaté les bornes ? N'y a-t-il pas de leur part plus que de l'indifcrétion d'avoir ofé traveftir en délit une obéiffance néceffaire, & d'avoir énoncé d'une maniere auffi vague un délit fur lequel il ne leur étoit ni permis ni poffible de ftatuer !

Je vais plus loin : il y a des cas où les ordres de cette nature font abfolument indifpenfables ; & celui-ci, par exemple, en étoit un. Néceffité d'arrêter dans fa fource une efcroquerie qui alloit ruiner une famille illuftre par un complot d'ufuriers ; c'é-toit ainfi que fe préfentoit l'affaire au premier coup-d'œil. En s'en tenant à la lenteur des formes ordinaires, le complot auroit été confommé avant même qu'on eût pu imaginer le moyen d'y remédier. L'expédition des ordres étoit donc urgente, & le fera toujours dans des cas pareils, même fans approfondir le fait ; la Police n'eft inftituée que pour obvier, par la rapidité de fa mar-che, aux inconvéniens qui naîtroient de la pefanteur forcée de la Juftice ordinaire. Comme elle ne ftatue jamais définitivement, il n'en réfulte même, quand elle fe méprend, qu'un mal paffager & infenfible ; au lieu que de la tolérance contraire, il réfulteroit à chaque inftant, dans une Ville où la corruption & les vices font au comble, des maux affreux & irréparables.

Cependant fi les Officiers chargés de la difpenfation de ce pré-fervatif utile, font non-feulement gênés, mais intimidés dans l'exercice de leurs fonctions ; s'il eft permis à tout efcroc pourfuivi en vertu des ordres du Roi, de dire à l'Exempt qui fe préfente pour les faire exécuter : il exifte un Tribunal dans le monde où je pourrai impunément t'accufer d'abus d'autorité, où je ferai accueilli avec ce grief, où j'obtiendrai non-feulement la confir-mation de mon larcin, mais une condamnation humiliante & des dommages-intérêts contre toi ; on fent bien que ce Tribunal aura droit d'attendre des autels & des facrifices de la méprifable efpece

d'hommes qu'il aura ainſi protégés ; il n'y aura aucun de leurs re-
paires où ſa Sentence ne ſoit imprimée & encadrée avec ſoin
comme un taliſman contre les viſites importunes des Miniſtres
de la Police ; mais les Citoyens honnêtes n'auront-il pas à trembler de cette infâme reconnoiſſance & du ſujet qui l'aura mo-
tivée ? Qu'elle reſſource auront-ils déſormais contre les ſurpriſes
& l'audace de ces ames viles ſi multipliées aujourd'hui, qui ſe
font un patrimoine de la foibleſſe & du beſoin, qui rançonnent
l'ignorance ou la détreſſe, & ne comptent, comme les bêtes
carnacieres, les ſuccès de leur journée, que par les rapines qu'ils
ont commiſes.

Elles ont encore avec ces animaux farouches une autre reſſem-
blance ; ceux-ci même dans la captivité ne réforment point leurs
inclinations ſanguinaires ; enchaînés, ils n'en dévorent pas moins
tout ce qui les approche ; les uſuriers de même, malgré la contrainte éternelle à laquelle la Police les aſſujettit, malgré les pré-
cautions qu'elle multiplie contre leur cupidité, malgré les en-
traves accumulées dont elle charge leur avarice, n'en ſont pas
moins dès-à-préſent un des plus cruels fléaux de la ſociété ; que
deviendront-ils donc ſi leurs conjurations contre elle ſont miſes
par la Juſtice au rang des actions légitimes, & ſi la puiſſance, qui
peut ſeule nous ſervir à tous de ſauve-garde contre leurs entrepriſes,
eſt détruite par celle que l'honneur, l'amour du bien public, le
devoir & l'intérêt commun obligeoient de la reſpecter ?

J'invite encore ici, comme je l'ai déjà fait dans les Obſervations, & comme il faudroit le faire à chaque ligne que l'on écrit
ſur cette effrayante procédure, tous les lecteurs qui ont quelque
choſe à perdre, & une ame ſenſible, à méditer ſur ces idées.

Le ſecond délit du ſieur Dupuis, quel eſt-il ? Eſt-ce d'avoir
exercé les violences ? Eſt-ce d'y avoir pris part ? Eſt-ce d'avoir
encouragé le bourreau qui donnoit la queſtion devant lui à ces
innocentes victimes ? Non ; c'eſt, dit la Sentence, de ne les
avoir pas empêché, comme il l'auroit dû faire ; de ſorte que s'il
a failli c'eſt par omiſſion, & non par commiſſion.

Je ſais bien que les Caſuiſtes exhortent les ames timorées à ſon-
der leur conſcience ſur ces deux manieres de manquer à leurs
devoirs, mais j'ignorois que la premiere pût jamais devenir dans
les Tribunaux le fondement d'une déciſion pénale. Quoi ! vous
me puniſſez de ce que je n'ai pas fait ! vous commencez par me

fuppofer des devoirs qui ne naiffent que de vos préjugés, & vous me déclarez enfuite coupable de ne les avoir pas remplis ! Mais fi une femblable inquifition s'établit dans les Siéges de la Juftice, quel homme irréprochable pourra donc s'affurer d'être jamais innocent ?

Mais, dira-t-on, le fieur Dupuis étoit le porteur des ordres; c'étoit à lui que l'exécution en étoit confiée; il devoit réprimer les excès que ces ordres ne comportoient pas; il ne l'a point fait; il y a donc connivé indirectement; & c'eft-là fon crime, c'eft-là de quoi nous le déclarons coupable.

Doucement. Ici vous lui reprochez donc de n'avoir pas agi; ce n'eft que fon immobilité qui vous paroît repréhenfible; s'il avoit eu la moindre part active aux violences, vous ne lui en auriez pas fait grace; il ne vous femble criminel que par fon inertie; mais conciliez donc cette portion de fon article avec la précédente où vous le déclarez convaincu d'abus d'autorité dans l'exécution de fes ordres.

Quel a pu être cet abus, finon les violences? Et fi ce n'eft pas lui qui les a commifes, comment peut-il être coupable de l'exécution abufive qui vous choque? Vous le déclarez donc convaincu d'avoir été tout à la fois dans le même inftant en mouvement & en repos? Y a-t-il jamais eu d'inconféquences, de contradictions plus frappantes, plus multipliées & plus odieufes?

Mais, continuerez-vous encore, ce n'eft qu'un crime paffif que nous lui objectons dans un cas comme dans l'autre; c'eft pour avoir été témoin indifférent de l'abus d'autorité comme des violences, que nous l'en déclarons coupable. Cela ne peut pas être; vous avez fpécifié fur le fait des violences, que vous ne le trouviez criminel que pour ne s'y être pas oppofé; mais vous avez bien annoncé auffi qu'il vous paroiffoit convaincu d'un abus d'autorité actif commis dans l'exécution de fes ordres. Si ces deux délits vous avoient paru de la même nature, vous n'auriez pas pris la peine de les diftinguer. Vous ne vous juftifierez donc jamais de cette contradiction affreufe tout à la fois & abfurde, à moins que vous ne difiez que c'eft la complaifance même de s'être chargé des ordres que vous avez entendu punir dans le fieur Dupuis, & que fon délit eft d'avoir confenti à en devenir porteur; alors cette partie de votre Sentence ne feroit plus extravagante.

Mais je vous demande à vous-même ce qu'elle seroit; je demande aux Magiſtrats, je demande aux lecteurs déſintéreſſés, je demande aux partiſans mêmes des Dujonquay, ſi c'eſt le ſieur Dupuis qu'il faudroit trouver coupable?

Ce n'eſt pas tout : j'oublie pour un moment cette inconſéquence ou cette rébellion ; je ſuppoſe que vous n'ayez vu dans les deux cas le ſieur Dupuis que comme un témoin immobile ; mais de ſon indifférence ſur une ſcene qui ſe paſſoit ſous ſes yeux, & dont il étoit un acteur néceſſaire, avez-vous pu ou dû conclure qu'il s'y ſoit paſſé quelque choſe de criminel? La conſéquence inévitable de ſa tranquillité n'étoit-elle pas au contraire que tout en étoit innocent?

Quand l'âge du ſieur Dupuis, quand l'exceſſive modération de ſon caractere, quand l'expérience de trente années exemptes de toute eſpece de reproches, quand la confiance ſans bornes du Magiſtrat qu'on ne ſoupçonnera pas d'autoriſer les emportemens dans les Agens qu'il emploie, quand la dépoſition de M.º le Chauve, quand enfin le compte naïf & non ſuſpect qu'à rendu le ſieur Dupuis lui-même de toute la ſéance, ne le juſtifieroient pas ſans réplique; & ne devroient pas prévaloir ſur les déclamations déſtituées de tout fondement, de toute probabilité, de deux coupables intéreſſés à groſſir les objets, & qui ne peuvent ſe juſtifier qu'en inculpant tout ce qui peut ſervir à démontrer leur crime; leur propre ſilence dans ce moment critique n'eſt-il pas la preuve palpable de la fauſſeté de toutes les aſſertions qu'ils débitent aujourd'hui?

Ils n'ont été maltraités, ſuivant eux-mêmes, que par un Subalterne ſubordonné au ſieur Dupuis ; ils voyoient dans celui-ci un homme grave, d'un âge mûr, ſeul dépoſitaire de l'autorité qu'ils avoient à craindre ; ſon immobilité même les autoriſoit à ne pas le croire complice de l'abus qu'on en faiſoit. Si cet abus avoit été ſi audacieux, dans leur douleur, dans le tourment des meurtriſſures, au milieu de ces menaces impertinentes, comme tout le reſte de leurs imaginations, *de leur faire avaler une canne*, n'auroient-ils pas au moins requis la protection de cet homme qui conſervoit ſon ſang-froid, & s'abſtenoit des excès qu'ils reprochent à ſon Commis? Leur premier mouvement n'auroit-il pas été de le prier de mettre fin à une vexation ſi intolérable? Son refus auroit été un grief de plus pour eux; ils n'auroient pas manqué de ſe prévaloir de ce grief, s'il avoit été réel; ils ne l'ont pas fait : donc il n'exifte pas ; mais en ce cas la prétendue vexation n'exifte donc pas davantage. Qui croira que des êtres doués de la moindre raifon fe laiffent bourreler pendant quatre heures par un homme qui n'a pas même de titre pour les interroger , & qu'ils n'effaient pas feulement de fe fouftraire à ces fupplices en s'adreffant à celui qui feul avoit quelque autorité fur eux, fur-tout quand ce dernier ne leur donne aucun indice d'animofité ?

De cela feul que Dujonquay & fa mere n'ont jamais imploré l'intervention du fieur Dupuis contre la fougue du fieur Debruguieres, il s'enfuit évidemment qu'ils n'en ont pas eu befoin , & que par conféquent , d'une part, eux-mêmes dans l'inftant où ils s'y trouvoient expofés, n'ofoient le blâmer au fond de leur cœur ; & de l'autre, que le fieur Dupuis n'y a rien vu qui ne tendît à faciliter la découverte qui étoit l'objet de fa miffion : donc le fieur Dupuis eft innocent, & la Sentence dans le chef qui le concerne auffi inique qu'abfurde. Mais fi le fieur Dupuis n'eft pas coupable , quelle raifon pour croire que Debruguieres eft innocent !

§. X I.

Déclarons le Comte de Morangiés atteint & convaincu d'avoir dénié le prêt mentionné au procès , & d'avoir autorifé par fa préfence lefdits excès , violences & mauvais traitemens à l'effet d'extorquer de ladite femme Romain & de Dujonquay les déclarations contraires à la réalité du prêt , & de retirer les quatre billets par lui faits le 24 Septembre 1771 ; pour réparation de quoi le condamnons en 10 livres d'aumône applicable au pain des pauvres Prifonniers de la Conciergerie.

Voilà donc le Comte de Morangiés ramené fur la fcene. Les Juges ont commencé par l'abfoudre ; leur deffein n'étoit pas qu'il confervât long-tems l'extérieur de l'innocence ; le voilà auffi à fon tour atteint & convaincu. De quoi ? Eft-ce d'avoir commis le délit qu'ils étoient chargés de vérifier ? Eft-ce d'avoir reçu les cent mille écus ? Non, c'eft de l'avoir *dénié.*

Mais eft-il donc permis de fe jouer ainfi des formes & des formules de la Juftice ? Qu'étoit-il donc befoin d'une procédure fi longue & fi terrible pour convaincre le Comte de Morangiés de ne s'être pas avoué débiteur des Dujonquay ? Le premier mot que

que j'ai dit pour lui ne contenoit-il pas une réclamation précise contre cette créance criminelle ? Avons-nous depuis changé de langage ?

Et depuis quand la dénégation d'un délit en devient-elle un ? Ce ne peut être sans doute que quand le délit lui-même est prouvé. Mais quand on a la démonstration du crime, s'amuse-t-on à en inculper le désaveu ? Quelle étrange Jurisprudence que celle d'un Tribunal qui, ne pouvant convaincre un innocent, le déclare convaincu de ne pas convenir qu'il est coupable ! Ce prononcé atroce ne décele-t-il pas une envie forcenée de flétrir le Comte de Morangiés à quelque prix que ce soit, & d'imprimer sur son nom la tache d'une condamnation ?

Ceci n'est plus ridicule ; je ne trouve de terme dans aucune langue pour exprimer le sentiment que cette horrible disposition fait naître dans mon cœur, parce qu'elle n'a jamais eu d'exemple chez aucun Peuple. Je porte aux Juges du Bailliage le défi de trouver dans les trop immenses & trop funestes annales des crimes commis avec le glaive de la Justice rien qui approche de celui-ci.

Et qu'ils ne disent pas que c'est par égard pour le Comte de Morangiés qu'ils se sont imposé cette réticence ; qu'ils ne disent pas que sa réclamation est une ingratitude, & qu'ils ont bien voulu exposer leur honneur pour ménager le sien ; non, nous désavouons cette indulgence perfide ; ce seroit de leur part une prévarication dans tous les cas. Si le Comte de Morangiés est coupable, ils devoient le publier & le punir : il ne dépendoit pas d'eux d'adoucir son sort & son ignominie. Ou il existe au procès des preuves qu'il a reçu les cent mille écus, ou il n'en existe pas. S'il en existe, les Juges qui se sont contentés de le déclarer convaincu de l'avoir nié, sont des prévaricateurs punissables ; s'il n'en existe pas, que sont-ils ? Or il n'en existe pas ; & ma preuve, c'est leur Sentence.

La seconde partie du chef que nous examinons n'est pas si effrayante que la première ; mais elle n'est pas moins absurde. Le Comte est déclaré atteint & convaincu d'avoir autorisé par sa présence les violences de Debrüguieres. Qu'est-ce que cela veut dire ? En quoi la simple présence d'un homme peut-elle le rendre complice d'un délit, & excuser des Juges qui le déclarent convaincu de l'avoir autorisé ?

F

Il s'agiſſoit de la fortune du Comte. Ce qui ſe paſſoit chez Mᵉ le Chauve alloit décider de ſon ſort. Il étoit accuſateur ; il auroit été bien étrange qu'on l'eût exclus de la conférence qui ne ſe té-noit qu'à ſon ſujet.

Mᵉ le Chauve, dira-t-on, n'étoit pas Juge ; ce n'étoit pas un interrogatoire que ſubiſſoient les Accuſés. C'eſt préciſément à cauſe de cela que le Comte de Morangiés a pu innocemment ſe trouver dans la maiſon où on les examinoit. Mais qu'y a-t-il fait ? A-t-il pris part aux prétendues violences du ſieur Debruguieres ? Les a-t-il encouragés par quelque ſigne, par quelques mots ? Exiſte-t-il au Procès quelque indice qui puiſſe faire ſoupçonner que ce ſoit lui qui en ait été l'inſtigateur ſecret, le vrai mobile ? Non ; les Juges ont eu ſoin de ſpécifier qu'il n'y a concouru même, ſuivant leur opinion, que par ſa préſence. Il eſt aſſez extraordi-naire, pour le dire en paſſant, qu'ils aient ainſi, preſque à chaque article, donné pour motif de leur déciſion, la raiſon même qui devoit leur en inſpirer une toute contraire ; mais ſi ce n'eſt que de ſon aſſiſtance immobile qu'il a contribué à ces prétendus excès, comment peut-on dire qu'il les a autoriſés ? Comment peut-on ſur-tout mettre cette autoriſation chimérique au rang des délits, & l'en déclarer atteint & convaincu, à l'inſtant même où l'on reconnoît qu'il n'en a été que le témoin muet ?

Soit, dira-t-on, il étoit ſpectateur taciturne, mais non pas in-ſenſible. Son intention parloit au milieu de ſon ſilence, & nous avons eu ſoin de ſpécifier qu'il n'étoit-là que pour extorquer les déclarations & retirer ſes billets.

Fort bien. Vous n'avez pas fait-là une découverte difficile. Dès qu'il étoit préſent, perſonne n'a jamais imaginé qu'il le fût pour autre choſe, mais permettez-moi une courte réflexion.

Aux articles du ſieur Debruguieres & Dupuis, vous ſuppoſez des délits ; vous traveſtiſſez des actions indifférentes par elle-mêmes en attentats ; mais comme vous craignez l'examen, vous ne voulez prononcer que des peines légeres, pour ne pas vous compromettre. Vous ſupprimez donc l'intention, qui ſeule, comme je l'ai obſervé, auroit pu conſtituer le crime ; ne prenant que le fait iſolé, vous vous croyez autoriſés à vous reſtreindre à une con-damnation mitigée. A l'article du Comte, c'eſt tout le contraire ; il n'y a pas même contre lui l'apparence d'un délit. Vous ſentez que la dénégation du prêt n'eſt point un grief tant que le prêt n'eſt pas prouvé. Vous ſentez que l'aſſiſtance paſſive à la ſcene du

30, n'en eſt pas un non plus ; pour aggraver ces chimères, vous avez ſoin d'y joindre à l'une l'intention ; s'il a été préſent ; c'eſt *pour extorquer les déclarations*, & n'oſant dire ce que la procédure auroit démenti, que la réalité du prêt eſt établie, vous gliſſez que ces déclarations extorquées ſont contraires *à la réalité du prêt*, ſur laquelle cependant vous né dites rien ; de ſorte que, dans les Agens de la Police, c'eſt le fait ſeul que vous paroiſſez punir ; & dans le Comte de Morangiés, c'eſt l'intention, en laiſſant ſubſiſter contre tous, les ſoupçons les plus flétriſſans, en donnant à penſer qu'il ne vous a manqué que des preuves pour prononcer de plus grandes peines, en les livrant, pour le reſte de leur vie, les uns au reproche d'avoir contribué, par la plus odieuſe corruption, à un brigandage infame, & l'autre à celui d'avoir eſſayé de commettre, avec les mains de la Police, le vol le plus bas, le plus lâche, le plus déshonorant dans toutes ſes circonſtances dont il ait jamais été queſtion.

Voilà bien de l'art, ſans doute ; mais j'en appelle encore ici au cœur de tout homme déſintéreſſé, & je lui demande quel eſt le ſentiment que cet art lui fait éprouver?

Comme il eſt difficile de tout combiner, de tout prévoir, ſurtout dans un Jugement qui viole la juſtice & les règles, on n'a pas vu que la peine ſeroit l'écueil de l'adreſſe avec laquelle tous ces délits ſont arrangés. Le Comte eſt condamné, *pour réparation* de ce qui précède, à être *admoneſté* par ſes Juges. L'admonition eſt un avis de ne plus faire quelque choſe : ſi la Sentence étoit confirmée, & que le Lieutenant Général du Bailliage fût autoriſé à admoneſter le Comte, je ſerois bien curieux de ſavoir ce qu'il lui interdiroit.

Seroit-ce de ne plus dénier qu'il ait reçu cent mille écus ? Mais le Comte lui répondroit : prouvez donc que je les ai reçus ; & alors au lieu de l'avis ſtupide que vous me donnez, livrez-moi à une punition rigoureuſe. Seroit-ce de ne plus ſe trouver dans une maiſon où les Agens de la Police auroient conduits des eſcrocs coupables de l'avoir trompé ? Alors le Comte lui repliqueroit : commencez par conſtater que ce ſont d'honnêtes gens ; commencez par établir en axiome que je dois voir d'un œil indifférent des titres qui compromettent ma fortune, & qui m'ont été ſurpris par fraude, dans des mains qui veulent en abuſer ; perſuadez-moi que je dois de ſang-froid être volé par eux, comme condamné par vous ; & certainement le Juge ne fortiroit pas de la féance fans quelque embarras.

Réfumons : dans tous les cas , l'intérêt commun de la fociété crie vengeance contre le Jugement du Bailliage. Si le Comte de Morangiés eft criminel , fi les fieurs Dupuis & Debruguieres font fes complices, ils ont formé entre eux une affociation plus dangereufe que celle des Cartouches & des Rafiats ; ils ont abufé de ce qu'il y a de plus facré . de la confiance d'un Magiftrat, de la foi publique, de la foibleffe de deux innocens , de l'obfcurité d'une famille dont ils fe font réciproquement vendu & acheté les dépouilles ; il n'y a point de fuplices fuffifans pour expier tant de baffeffe , jointe à tant de barbarie. Le blâme, l'admonition, infligés en pareils cas , font des infultes faites à la Juftice & aux Loix ; mais s'ils font innocens, fi Dujonquay & fa mere font les vrais coupables. . . . J'acheverai un jour de tirer la conféquence.

§. X I I.

Déclarons les déclarations du 30 Septembre 1771 , fignées par ladite femme Romain & Dujonquay, nulles & de nul effet , comme étant la fuite des excès , violences & mauvais traitemens.

Les trois articles qui précédent ne font que les échafauds de l'édifice : en voici le fondement ; voici le grand objet de la procédure, le but de toutes les manœuvres, le point auquel devoient tendre tous les éclairciffemens, celui fur lequel par malheur on les a tous refufés ou méconnus.

Ces pieces terribles anéantiffoient les billets. Les Dujonquay & leurs partifans l'ont toujours bien fenti : auffi, dès le principe, ont ils crié à la violence, à l'extorfion. Sur leurs déclamations, le public s'eft ému. Le fieur Debruguieres a été décrété, emprifonné. Sa captivité n'éroit due qu'à cette effervefcence fi artificieufement produite ; elle en eft enfuite devenue la juftification : on a cru être autorifé à le décréter, parce que la voix publique fembloit le dénoncer ; & aujourd'hui le Public ne fe croit autorifé à le dénoncer que parce qu'il eft décrété. C'eft en général ce qui arrive dans toutes les affaires de ce genre, & ce qui prouve combien les Juges doivent être en garde contre ce qu'on appelle la clameur univerfelle.

Quoi qu'il en foit , voilà des pieces authentiques fignées par des majeurs , recues par un Officier integre & non inculpé, déclarées *nulles & de nul effet* , comme étant la fuite d'une opéra-

45

tion criminelle. Les réflexions s'offrent à mon esprit à ce sujet en
si grand nombre, qu'elles m'accablent; toutes sont si essentielles,
que je ne sais par laquelle commencer. Il n'y en a aucune qui ne
soit décisive, & l'empressément de les présenter toutes me fait
balancer sur le choix de la premiere : commençons au hasard.

Nous n'avons en France que deux manieres d'anéantir des actes
passés par des majeurs : c'est *l'inscription de faux*, ou le concours
du Prince, manifesté par ce qu'on nomme des *Lettres de rescision*. Dans les deux cas, la piece suspecte ou soupçonnée n'est
annullée qu'après un examen soumis à des formes. Les Tribunaux
n'entérinent les Lettres de rescision qu'après en avoir scrupuleusement vérifié les motifs; ils n'adoptent l'accusation de faux
qu'après avoir recueilli des preuves convaincantes, & l'auteur du
délit est puni comme son ouvrage.
Ici a-t-on pris l'une ou l'autre de ces deux voies? Non. Les
Dujonquay n'ont point eu recours au Prince pour obtenir leur
retour au même état où ils étoient avant leurs déclarations. Ils
n'ont point demandé que le Procès fût fait à ce Commissaire qui
a, disent-ils, extorqué leurs signatures, & les a forcés de les
apposer au bas d'un acte contenant des assertions fausses qu'ils ne
connoissoient pas. Le Ministere public n'a requis ni le dépôt des
actes, ni la condamnation de l'Officier prévaricateur. De quel
droit les Juges ont-ils donc pu détruire des pieces en forme, qui
ne sont pas même attaquées? Car des déclamations vagues ne
sont pas une attaque.

Mais elles sont, disent-ils, la suite des violences & mauvais
traitemens qui nous ont paru prouvés. D'abord, pourquoi ce
terme *la suite*? Pourquoi n'avez-vous pas dit *l'effet*? Quelquefois ces deux mots sont synonymes; plus souvent ils ne le sont
pas, & ici le choix de l'un ou de l'autre n'étoit pas indifférent.
Si c'étoit le sieur Debruguieres seul qui, après avoir brisé de
coups les Dujonquay, eût reçu leurs signatures, la suite de sa
barbarie pourroit en être l'effet : mais ce n'est pas à lui que ces
signatures ont été données. Il n'y a aucune liaison entre cet acte
volontaire & les violences chimériques. Les déclarations ont été
signées après un espace, un repos de plus de deux heures, entre
la scene de cruauté & celle de la soumission. Elles l'ont été dans
une autre maison, dans les mains d'un homme de sang-froid,
dont le caractere & l'office sont des préservatifs contre toute ac-

cufation de violence, & à qui en effet on n'en impute aucune ; d'un homme qui s'attendoit fi peu à entrer dans le dénouement de cette prétendue tragédie, qu'il étoit allé fouper en Ville ce jour-là, & qu'avant fon retour il s'eft écoulé plus de deux heures : cette remarque eft effentielle.

On a ofé plaider, imprimer que le Commiffaire Chenon étoit complice de toute la manœuvre des déclarations ; qu'il étoit prévenu ; qu'en transférant chez lui les Dujonquay, on ne vouloit que mettre la derniere main à cette opération honteufe & criminelle ; qu'on étoit bien fûr de fa complaifance, qui s'étoit en effet fignalée de la maniere la plus complete. On a été jufqu'à calculer dans un des libelles combien il en avoit pu coûter au Comte de Morangiés pour la mériter & la payer.

Mais s'il avoit été gagné, auroit-il choifi pour s'abfenter précifément le jour & l'inftant où il étoit queftion de confommer cette opération importante ? Si les violences avoient eu pour but de la préparer, & qu'on n'eût voulu du Commiffaire que pour la confommer, n'y auroit-il pas eu des couriers prêts pour retenir cet Officier chez lui, pour l'avertir des gradations du complot, des fuccès de la torture ? Tous les momens n'auroient-ils pas été précieux ? Lui-même fachant que fa proie étoit en marche ou prête à s'y mettre, auroit-il hafardé de la perdre par une abfence auffi imprudente ? Le facrificateur auroit-il fermé le temple au moment où l'on partoit pour lui traîner fes victimes ?

Il n'eft pas chez lui quand la troupe des bourreaux y arrive, quand elle y pouffe les malheureux dont elle a brifé le corps par des coups, & l'ame par des menaces. Sans doute de peur de leur laiffer reprendre de la force, de la préfence d'efprit par le repos, on va continuer de les troubler ; on les entretiendra dans la difpofition de tout figner, par les mêmes moyens qui la leur ont infpirée. Il s'en faut bien.

Le Chef des Bourreaux s'éloigne lui-même. On les laiffe paifibles, maîtres de leurs réflexions, de leurs mouvemens ; le Commiffaire entendu en témoignage, appellé à la confrontation avec la Romain, produit les pieces qu'elle défavoue. Il fait obferver aux Juges qu'elles font en bonne forme, que les fignatures fur-tout font d'une main ferme & non tremblante. *Je le crois bien*, s'écrie cette femme, *quand nous avons figné ; il y avoit deux heures que nous vous attendions : nous avions eu le tems de reprendre nos efprits.* Cette réponfe eft confignée ou doit l'être dans la procédure. Du moins le Greffier a-t-il paru l'écrire à la réquifition de Me Chenon. Y-a-t-il une preuve plus convaincante de la tranquillité dans laquelle font reftés les Dujonquay en attendant l'arrivée du Commiffaire, & du peu d'envie qu'avoient les Agens de la Police de violenter leurs bouches ou leurs mains?

Il y a plus : au moment où le Commiffaire rentre, on l'inftruit de l'affaire, de la difpofition où font les deux Accufés de rendre hommage à la vérité. On les avoit féparés ; l'un étoit en bas dans l'étude, la mere étoit en haut dans le cabinet ; fur le champ le Commiffaire reçoit la déclaration du fils qui la figne après en avoir entendu la lecture. On fait defcendre la mere ; Dujonquay, dès qu'il l'apperçoit, lui crie : *ma mere je viens de déclarer la vérité*. Elle, fans demander quelle vérité, fans être embaraffée d'un pareil aveu qui devoit lui paroître bien étonnant & bien redoutable, fi elle avoit en effet prêté cent mille écus, fi on l'avoit en effet tourmentée pendant quatre heures pour arracher d'elle une dénégation de ce prêt, lui répond fans héfiter, *tu l'as dite, mon fils, tant mieux, tu aurois bien fait de la dire plutôt* ; & alors à fon retour elle fait tout haut fa déclaration au Commiffaire qui la dicte à fon Clerc, & elle la figne de même après lecture faite. Le Commiffaire & fon Clerc ont tous deux dépofé de ce fait, qu'ils foutiendront jufqu'au dernier foupir. Eft-il poffible de fe méprendre à de pareils traits, & de croire en les voyant à l'influence des prétendus mauvais traitemens fur les déclarations ?

Ce n'eft pas tout : fi Dujonquay ou fa mere avoient eu fur eux ou chez eux les billets, ils les auroient remis, tout auroit été fini. S'il avoit été moins tard, on les auroit conduits chez celui qu'ils difoient en avoir fait le dépofitaire, pour les reprendre & les reftituer ; l'affaire n'auroit pas été plus loin. Le Commiffaire ne croyant pas devoir troubler le repos d'un étranger par une femblable vifite, à une heure auffi indue, & ne pouvant, *d'après les ordres du Roi*, comme le portent les déclarations, relacher les coupables que la reftitution ne fût confommée, les envoie au Fort-l'Evêque. Là ils font auffi libres qu'on peut l'être dans une prifon ; ils voient qui il leur plaît ; ils écrivent ; ils font faire des meffages. Profitent-ils de cette liberté pour fe plaindre, pour appeller un Chirurgien qui panfe ou conftate leurs meurtriffures, un Commiffaire qui reçoive leurs proteftations contre les actes de la veille ? Non ; ils ne s'occupent que du foin de les exécuter.

Ils écrivent au dépofitaire de leurs billets deux lettres confécutives pour les lui redemander. Parlent-ils des barbaries qu'ils ont foufferres? Annoncent-ils leurs regrets de fe voir fi inhumainement forcés à renoncer à leur fortune? Non, ces lettres exiftent; il y en a une qui eft imprimée à la fuite d'un Mémoire publié contre le Comte de Morangiés. L'autre doit être jointe à la procédure. La voici :

Mon cieur

La malheureufe afaire ou je fuis plongé ma reduit ainfi que ma cher mere ez prifon du Forlevefque, nous fumes arreté yere par ordre du Roy fi vous voulé nous fecondé pour nous en tirer, il faut que vous ayés la bonté de remettre au porteure les effets que je vous ait confié, lefquelles dits effets jay promire à M. Dupuy de lui faire pacer au plus tard à dix heures du matin, daprés la parolle que jay donné je vous cerai obligé de me mettre à meme de la mettre a execution comme auffi je vous prie mon cieur *de cecer toute pourfuitte* & auffitot que nous aurons notre liberté nous aurons lhonneur de vous marquer notre reconnoiffance au fujet de tous les foins que vous vous ete donné

Jay lhonneur detre
Moncieur

Votre tres humble & tres obeiffant
ferviteur,

Ma chere mere a lhonneur de vous
affurer de fes refpects.   *Signé*, DUJONQUAY.

Du Forlevefque ce 1 Octobre 1771.

Eft-ce donc-là comme auroient écrit le lendemain d'une queftion fi abominable ceux qui l'auroient foufferte la veille? Auroient-ils recommandé à leur Confeil de *fufpendre toute pourfuite*, quand il auroit fallu lui ordonner d'en commencer, à quelque prix que ce fût, de nouvelles? Auroient-ils parlé fi paifiblement de la promeffe de reftituer les billets, quand il auroit fallu en exprimer le défavœu en lettres de fang? Eft-il poffible de raffembler plus de preuves de la liberté, de la plénitude du confentement, de la parfaite volonté avec laquelle les déclarations ont été fignées?

Elles n'ont pas été lues aux Intéreffés, dit-on. C'eft une impofture détruite par la procédure. Il y eft prouvé qu'elles ont été lues tout au long à chacun. Le Commiffaire recevoit leurs aveux; il les dictoit enfuite à fon Clerc, & avant que de les figner, on les leur a fait entendre à haute voix. La femme Romain ayant fait faire

faire la seconde en préfence de fon fils, il a donc entendu ce qu'elle difoit au Commiffaire ; ce que le Commiffaire dictoit à fon Clerc, & ce que le Clerc a lu à fa mere ; ce qui équivaut à trois lectures confécutives ; & ils ofent affirmer qu'on ne leur a rien lu !

Mais, ajoute-t-on, il y a des faits faux, & qu'ils n'ont pas pu configner eux-mêmes, puifqu'ils font contraires aux connoiffances qu'ils devoient avoir. Le fieur Dujonquay dit dans la fienne, que *les billets ont été dépofes chez Me Thierry, Commiffaire* ; & ils étoient dans les mains d'un autre. Les propriétaires des billets n'ont pas pu commettre cette méprife : donc les déclarations ne font pas d'eux, quoiqu'elles portent leurs noms. Voilà une des plus fortes objections qu'on ait faites contre ces pièces, une de celles qui a le plus féduit de lecteurs, parce qu'il eft de la deftinée de cette étrange affaire, qu'on n'ait jamais daigné attendre ou pefer nos réponfes.

D'abord, pour tirer contre la pièce ou l'Officier qui l'a dirigée, une conféquence auffi terrible de cette méprife, il faudroit prouver qu'il ait eu quelque intérêt à hafarder de la commettre. Si le dépôt fait ou non fait des billets chez Me Thierry avoit été une particularité décifive en faveur du Comte de Morangiés, on pourroit croire que le Commiffaire, voulant le favorifer, l'auroit gliffée dans l'acte. Mais rien n'étoit plus indifférent ; il n'y a même qu'une des deux pièces où elle fe trouve ; elle ne peut donc être que du fait de la Partie ; & bien loin qu'elle puiffe rendre le Commiffaire fufpect, elle ne prouve que fa fcrupuleufe exactitude à rendre tout ce qui a été dit.

Mais enfuite il s'en faut bien que cette anecdote fût de la part de Dujonquay une méprife ; ce qu'il a dit alors il le croyoit. Le jour même où la Police faifoit échouer le complot, avoit été choifi pour en accélérer l'exécution. La veuve Veron avoit préfenté Requête à M. le Lieutenant Criminel pour furprendre, & furpris la permiffion de faire une vifite dans l'hôtel du Comte de Morangiés, fous prétexte qu'on y pourroit encore retrouver fon tréfor en entier ou en partie. Rien n'étoit plus odieux, rien n'étoit moins concluant que ce projet. Rien n'annonçoit mieux qu'on cherchoit à donner de l'éclat à la réclamation plutôt que de la probabilité. Il avoit été convenu entre la Veron & fes enfans,

G

que pour colorer l'invasion du Commissaire, le dépôt des billets se feroit chez lui. On vouloit en composer une espece de corps de délit qui autorisât la revendication qu'on alloit faire en apparence de l'argent dont ils sembloient être l'équivalent. La Romain & son fils, séparés d'avec leur mere ou aïeule pendant la moitié de la journée du 30, croyoient le plan arrêté entr'eux exécuté. A onze heures du soir ils étoient bien persuadés que le Commissaire Thierry étoit réellement nanti de leurs titres. Ce n'est que le lendemain matin par la visite de la veuve Véron, qu'ils ont été instruits; c'est à ce moment, qu'ils ont appris que cette partie du complot avoit été éludée par la résistance du sieur Laville à qui les billets avoient été remis, comme l'autre est restée sans effet par la juste délicatesse du Commissaire. Quoique la particularité du dépôt fût fausse, Dujonquay, en l'insérant dans sa déclaration, donnoit donc une preuve de sa bonne foi, & le Commissaire Chenon, en la recevant, en fournissoit une de sa neutralité parfaite.

Mais, ont-ils dit, c'est précisément cette erreur qui a motivé notre confiance & notre soumission. C'est dans l'idée que la revendication auroit lieu, que nous avons signé tout ce qu'on a voulu. Si l'or s'étoit trouvé chez le Comte de Morangiés, nos déclarations par cela seul étoient démontrées fausses & annulées. Nous avons donc cru ne rien risquer en nous prêtant, dans l'attente de cet événement, à une complaisance qui nous rédimoit de la vexation présente, sans nous ôter l'espérance d'une réhabilitation future.

Fort bien. De sorte que c'est de la sécurité du Comte de Morangiés que vous consentiez à faire dépendre votre sort. S'il étoit possible, dans votre système, que ce trésor prétendu se trouvât chez lui en nature, il l'étoit aussi qu'il ne s'y trouvât pas : vous deviez craindre l'un au moins autant que l'autre. Dans ce second cas, aussi probable assurément que le premier, vous aviez donc signé votre condamnation? Vous deveniez les victimes de cette puérile illusion.

Mais ce n'est pas tout. Le lendemain quand vous avez écrit au sieur Laville, elle subsistoit encore ou elle étoit détruite. Si elle subsistoit, vous ne saviez pas que la revendication eût été suspendue. Si son succès avoit été le but de vos espérances & de vos signatures de la veille, auriez-vous manqué d'en parler au sieur Laville? Lui auriez-vous si précisément marqué de *cesser toutes poursuites*, dans l'incertitude d'un incident qui les légitimoit toutes ? Au lieu de lui redemander les billets, de parler de la promeſſe de les rendre, ne lui auriez-vous pas recommandé de les bien ſerrer, de vous informer au plutôt de la quantité d'or trouvée chez le Comte, & des moyens de vous en aſſurer la reſtitution, en proteſtant contre la réſignation forcée de la nuit ?

Si en lui écrivant, vous ſaviez déjà que la viſite n'avoit pas eu lieu, comment ne lui avez-vous pas confié votre douleur ſur la perte de ce ſeul & unique eſpoir qui vous avoit engagés la veille dans une démarche ſi fatale ? Comment ne l'avez-vous pas conſulté ſur les moyens de la déſavouer ? Comment la lui annonciez-vous avec tant de tranquillité ? Qui a jamais ainſi renoncé à la poſſeſſion de cent mille écus, quand il y a droit, quand il n'en a été dépouillé que par un crime, quand toutes les voies ſont ouvertes pour en pourſuivre la reſtitution ?

Il y a même plus encore : vous trembliez que le Sr Laville ne ſe conformât pas exactement à vos prieres, de ceſſer les pourſuites & de rendre les billets ; vous n'aviez point d'autre appréhenſion. Sur ſon premier refus, vous lui avez écrit ſur le champ dans la même matinée la lettre ſuivante, qu'il a imprimée, pag. 20, dans un Mémoire donné pour ſa juſtification. Vous lui diſiez :

Monſieur ... je vous prie de m'obliger DE SUIVRE DE POINT EN POINT la lettre que j'ai eu l'honneur de vous écrire. ſi vous pouviez être porteuſe vous même de la reponſe, vous m'obligeriez ainſi que ma chere mere qui ſe joint à moi. J'ay l'honneur d'etre,

  Monſieur,   *Votre Cerviteur, DUJONQUAY.*

Que ſignifie ce mot, *ſuivre de point en point* la lettre précédente ? N'eſt-ce pas ceſſer les pourſuites & rendre les billets ? Pourquoi tant d'inſtances, tant de vivacité le lendemain des déclarations pour les exécuter, & ſi peu d'idée de les révoquer ?

Enfin quiconque voudra lire avec attention ces pieces déciſives, quiconque voudra en examiner la tournure, en peſer les termes, l'enſemble, les détails, verra ſi c'eſt ainſi que parle l'impoſture. Elles ont déjà été imprimées. Cependant comme c'eſt vraiment le nœud du Procès, nous les remettrons encore ici ſous les yeux des Juges.

L'an 1771, le Lundi 30 Septembre, en l'hôtel & pardevant nous Pierre Chenon, Avocat en Parlement, Conſeiller du Roi, Commiſſaire au Châtelet de Paris, eſt comparu Sieur Pierre Dupuis, Conſeiller du Roi, Inſpecteur de Police ; lequel, en vertu des ordres dont il eſt porteur, a conduit pardevant nous, le ſieur François Liegeard Dujonquay, à l'effet de recevoir fa déclaration au fujet des quatre billets montans à 327000 livres, foufcrits par M. le Comte de Morangiés, au profit de la veuve Veron, grand-mere dudit Dujonquay ; en conféquence, & après avoir pris le ferment dudit Dujonquay , il nous a dit fe nommer François Liegeard Dujonquay , âgé de vingt-fix ans, natif de Paris , Paroiffe Saint-Sulpice , demeurant avec la veuve Dujonquay fa mere, & la veuve Veron fa grand-mere , rue Saint-Jacques , près Saint Benoît , maifon du fieur de Santeuil , Greffier au Parlement , au troifieme étage , & nous a déclaré que les 327000 livres portées aux quatre billets dont eft queftion , *n'ont point été fournis audit fieur Comte de Morangiés* ; qu'il ne lui a été réellement fourni que la fomme de 1200 livres, & qu'il comptoit lui faire fournir le furplus par une Compagnie ; que lefdits quatre billets ont été dépofés par le Comparant à Me Thierry notre Confrere, & annexés à une déclaration qui lui a été faite au nom de la veuve Veron , pour parvenir au recouvrement de ladite fomme de 1200 livres donnée audit fieur Comte de Morangiés , defquels billets la remife fera confentie audit fieur Comte de Morangiés , en rembourfant par lui la fomme de 1200 livres à lui prêtée ; de laquelle déclaration nous lui avons donné acte, & a figné en notre minute. Après quoi ledit fieur Dupuis , en vertu defdits ordres, s'eft chargé dudit fieur Liegeard Dujonquay , pour le conduire ès prifons du Fort-l'Evêque , & a figné en notre minute. *Signé*, DUPUIS.

Et lefdits jour & an que deffus, ledit fieur Dupuis, en exécution des ordres dont il eft porteur, nous a conduit la Dame Romain , avant veuve Liegeard Dujonquay , à l'effet de recevoir fa déclaration au fujet de quatre billets montans à 327000 livres, foufcrits par M. le Comte de Morangiés , au profit de ladite veuve Veron , mere de la Comparante ; en conféquence , & après avoir pris fon ferment de dire vérité , a dit fe nommer Genevieve-Françoife Gaillard , âgée de cinquante ans , native de Paris , Paroiffe Saint Germain-l'Auxerrois , veuve en prémieres noces du fieur Louis Liegeard Dujonquay , Affocié du fieur Marie-François Veron , Banquier à Paris, à préfent femme de Nicolas Romain , Officier Invalide, demeurant à Paris , rue Saint Jacques , près Saint Benoît ; & nous a déclaré qu'il eft à fa connoiffance que le fieur Liegeard Dujonquay, fon fils, à l'inftigation de la femme Charmette, a entamé une négociation avec M. le Comte de Morangiés , qui cherchoit une fomme de trois cens mille livres, pour lefquelles il a fait quatre billets, montant enfemble à 327000 livres, payables en deux ans, y compris les intérêts, à raifon de fix pour cent; laquelle fomme de 300000 livres, le fils de la Comparante comptoit lui faire trouver par une Compagnie. Sait auffi la déclarante *qu'il n'a été donné audit fieur Comte Morangiés qu'une fomme de 1200 livres*, & que lefdits billets, qui font au nom de la veuve Veron , mere de la Déclarante , feront remis audit fieur Comte de Morangiés , en rembourfant par lui la fomme de 1200 livres ; de laquelle déclaration nous lui avons donné acte, & a figné en notre minute. Après quoi ledit fieur Dupuis, en vertu des ordres, a arrêté ladite femme Romain , & s'en eft chargé pour la conduire ès prifons du Fort-l'Evêque , & a figné en notre minute.

Si, comme on le prétend, ces pieces avoient été d'avance composées par la fraude, si on les avoit tenues toutes prêtes pour les faire signer aux Verons à leur arrivée, sans les leur lire, auroit-on fait deux actes séparés? Dans l'empressement d'arracher cet aveu qui pouvoit d'instant en instant échapper, ne se seroit-on pas hâté d'appofer les deux signatures fur le même papier? Se seroit-on d'ailleurs livré à tous ces détails qui les allongent & les embarraffent? Auroit-on été spécifier le nom du Propriétaire de la maison où demeuroient les Parties, & celui des Paroisses sur lesquelles elles sont nées, & l'association de Dujonquay pere avec Veron? Auroit-on sur-tout employé, en parlant de ce dernier; la qualité de *banquier*, qui donnoit de la probabilité à l'opulence de fa veuve?

D'où les auteurs de la fabrication auroient-ils pris ces matériaux qu'ils y faisoient entrer? Qui les leur auroit fournis? est-ce le Commissaire qui voyoit les Verons pour la premiere fois depuis une minute? Est-ce le sieur Dupuis, qui ne les connoissoit que depuis cinq heures? Est-ce le sieur Debruguieres qui avoit été chez eux le matin; mais qui, s'il avoit médité dès-lors la friponnerie dont ils le veulent rendre le principal instrument, ne se seroit pas amusé sans doute à prendre sur leur compte des renseignemens si puériles, qu'on ne pouvoit tirer que d'eux-mêmes, & qu'il n'avoit aucun prétexte, ni aucun intérêt pour leur demander? Enfin, est-ce le Comte de Morangiés, qui ne penfant qu'à ravoir ses billets, ne s'étoit certainement guere inquiété de l'endroit où avoient pu être baptisés des gens dont la conduite annonçoit si peu de scrupule?

Tout établit donc, tout prouve la naïveté de ces pieces; tout démontre qu'elles sont la pure & simple expression de deux cœurs accablés par le poids de la vérité, & qui donnant au repentir autant qu'ils avoient d'abord donné au crime, multiplioient les inutilités pour faire présumer leur innocence à venir, comme on avoit multiplié les questions pour déconcerter leur malversation passée : tout fait voir que si elles font la *suite* des prétendues violences, elles n'en font pas *l'effet*.

Et vous l'avez bien senti, vous, Juges, qui vous êtes gardés de vous méprendre sur le choix des mots. Vous avez senti qu'il étoit absurde de paroître croire que les mauvais traitemens les eussent produites, & de ne punir qu'une partie de ceux qui les auroient exercés, de ne les punir même que d'un *blâme* ou d'une

admonition. Vous avez senti que s'il y avoit une connexité nécessaire entre la torture & les aveux, c'étoit blesser la Justice que
de ne pas impliquer dans la condamnation M⁰ le Chauve qui l'é-
toit indispensablement dans le crime consommé chez lui. Vous avez
senti que si les violences avoient été envisagées par vous comme
la source nécessaire des rétractations, il étoit plus qu'inconséquent
à vous de ménager la malversation du Commissaire en anéantis-
sant le crime qui en auroit résulté. Voilà pourquoi vous avez fait
un choix de termes qui, en présentant l'idée des violences, écarte
cependant celle du crime.

Ci-devant, pour excuser la douceur de la peine prononcée
contre les agens de la Police, vous avez eu soin de ne leur pas supposer d'intention répréhensible : de même ici, pour vous dispenser de condamner le Commissaire, vous avez feint de ne lui imputer que d'avoir été l'instrument passif d'un faux préparé hors de
chez lui & en son absence. Et pourquoi n'avez-vous pas voulu
condamner le Commissaire ? C'est que d'après la procédure, d'a-
près vos propres connoissances, cela vous étoit impossible ; c'est
que les pieces qu'il a reçues ne sont point attaquées dans la forme, & qu'au fond elles ne sont point attaquables ; c'est qu'il
auroit fallu faire le Procès à lui & à elles en regle ; c'est que ce
Procès ne fournissant aucun moyen pour les invalider, elles en
seroient sorties triomphantes, & que l'impossibilité de les annul-
ler auroit produit la nécessité d'en reconnoître la force.

Il n'y a pas une ligne de votre Sentence où l'on ne démêle cet
esprit de conciliation apparente qui veut, à quelque prix que ce
soit, perdre le Comte de Morangiés, sans cependant s'exposer
à une vérification trop approfondie des faits, qui entraîneroit la
conviction des Dujonquay. Le peu d'innocence que vous ne pouvez lui contester, vous l'étendez au plus grand nombre possible
des Parties impliquées dans la procédure ; & le peu de crime que
vous hasardez de lui supposer, vous le restreignez au plus petit
nombre imaginable de complices ; & cette indulgence cruelle
n'est pas un moyen de le favoriser, il s'en faut. En prodiguant les
justifications, vous sauvez les Dujonquay ; en resserrant les condamnations, en adoucissant le délit qui les motive, il en reste
assez pour flétrir à jamais le Comte de Morangiés, pour vous au-
toriser à consommer sa ruine ; & cependant il n'y en a point assez, vous vous en flattez du moins, pour vous compromettre,
pour vous convaincre d'une partialité criminelle, pour exciter la
réclamation publique & privée. En diminuant la quantité des

coupables, vous vous êtes promis de diminuer celle des Adverfaires de votre Sentence; & en mitigeant les peines, d'affoiblir
l'intérêt qu'on pouvoit avoir à l'attaquer. N'a-t-on pas publié hautement dans Paris dès le lendemain que le Comte de Morangiés y
adhéroit; que content d'avoir fauvé fa tête de vos mains, il payoit
avec fatisfaction l'argent que vous l'aviez, difoit-on, convaincu
d'avoir reçu? ces bruits, d'où partoient-ils? ah! d'où ils partoient!
du defir qu'ils fe vérifiaffent.

§. XIII.

*Recevons ladite femme Romain & ledit Dujonquay, Parties
intervenantes : Ayant aucunement égard à ladite intervention &
demandes, enfemble aux demandes dudit Gilbert, condamnons le
Comte de Morangiés, & par corps, à payer à ladite femme Romain & audit Dujonquay, ès noms qu'ils procedent, la fomme de
299400 livres, faifant partie de 327000 liv. contenues aux quatre
billets dont il eft queftion, & aux intérêts de ladite fomme, à compter du 30 Septembre 1771, jour de l'emprifonnement de ladite
femme Romain & dudit Dujonquay.*

Si les peines prononcées contre les agens de la Police & le
Comte de Morangiés font les échaffauds de l'édifice; fi l'anéantif-
fement des déclarations en eft le fondement, en voici le corps.
Nous touchons enfin au centre auquel tout tendoit, à l'argent,
au tréfor très-réel, très-palpable que les Veron ont trouvé moyen
de s'approprier en revendicant un tréfor imaginaire. Un Poëte a dit
d'un joueur :

Sous fes heureufes mains, le cuivre devient or.

Ici la métamorphofe eft bien plus forte & bien plus miraculeufe.
Dans la Sentence du Bailliage, c'eft le néant qui produit quelque
chofe; & l'or y naît de rien. Sur cet article, comme fur les autres,
les réflexions fe préfentent en foule: il faut choifir & fe borner.

Le premier objet qui frappe ici, c'eft l'intervention que la Sentence admet contre toutes les regles. J'ai prouvé à l'Audience &
dans les Obfervations, qu'il ne pouvoit point y avoir d'intervention en matiere criminelle. J'ajouterai feulement que cette infraction n'a pû être faite ici aux axiomes confacrés par la Jurifprudence, que pour colorer celle qu'on vouloit faire à ceux de la Juftice. Il ne s'agiffoit que du Procès criminel, & on vouloit cependant prononcer fur le civil. Le Miniftere public feul accufateur,
feul agiffant, n'avoit pas droit de conclure fur les intérêts privés

des Parties : sans Conclusions, les Juges ne pouvoient rien adjuger, & il falloit pourtant qu'ils adjugeassent. Qu'a-t-on fait ? On a reçu les Dujonquay intervenans. Par-là, on a eu leur Requête au civil à répondre, on a eu un prétexte pour leur livrer leur proie. Mais avant que de donner cette marque d'une excessive complaisance pour les Parties du Comte de Morangiés, les Juges ne dévoient-ils pas examiner s'ils en avoient le droit ? Étoient-ils compétens pour prononcer sur le civil ? La forme n'est-elle pas blessée autant que la Justice par cette extension donnée sans autorité à leur pouvoir ?

D'où dérivoit ce pouvoir pour eux ? De l'Arrêt du 1er Avril 1772 ? Or, qu'ordonne cet Arrêt ? Que *sur la plainte de M. le Procureur Général du Roi & à la poursuite de son Substitut, il sera informé des faits d'escroquerie, abus de confiance, subornation de témoins, mauvais traitemens contre les Accusés qui y sont nommés*, pour être leur procès fait & parfait jusqu'à Sentence définitive. C'est donc le criminel seul dont l'instruction étoit confiée au Lieutenant-Général du Bailliage, nommé Commissaire en cette partie. Or, il est de principe qu'un Juge commis ne peut pas aller au-delà de ce que porte sa commission. Il est restraint rigoureusement dans les limites qui la constituent ; dès qu'il les passe, ce qu'il fait est nul.

Dira-t-on que l'Arrêt comprend dans l'instruction *lesdits faits avec leurs circonstances & dépendances ?* Dira-t-on qu'on y lit aussi que *sur le surplus des demandes, fins & conclusions des Parties, le Lieutenant-Général du Bailliage pourra statuer ?* Mais il est évident qu'aucune de ces deux phrases n'emporte la puissance illimitée pour le Juge du Bailliage, de confondre en sa personne deux Jurisdictions distinctes. Des pouvoirs pareils qui intervertissent le cours naturel des choses, & l'ordre hiérarchique des Tribunaux, ne naissent point d'une supposition ou d'une induction ; il faut qu'ils soient spécialement exprimés dans l'Arrêt ou les Lettres-patentes qui les créent ; & tout Jugement prononcé sous prétexte d'une commission sur un objet qui n'est point expressément énoncé dans le titre qui l'établit, est un Jugement nul par essence.

On verra tout à l'heure que ce n'est pas la seule nullité de ce genre qui se trouve dans la Sentence du Bailliage, & que de tous les Juges qui l'ont rendue, il n'y en avoit qu'un seul qui eût droit
d'y

57

d'y concourir. Ce qui fait assurément la plus forte & la plus essentielle des nullités.

Mais ensuite quand les Juges auroient été compétens, les demandes, fins & conclusions qu'ils auroient eu droit d'adjuger, ne
seroient que celles qui étoient formées au moment de l'Arrêt. Or
celle des 299400 l. ne l'étoit point à cette époque ; elle ne l'a été
que depuis : l'Arrêt n'a donc pas conféré au Bailliage le droit
d'en connoître.

Enfin quand on pourroit supposer que ce droit qui ne résulte
point explicitement de l'Arrêt, pour parler le langage des Ca-
suistes, s'y trouve implicitement compris; quand à la faveur d'un
commentaire on parviendroit à rendre obscur un sens qui est clair
& précis, au moins cette permission indéfinie de statuer ne dis-
penseroit pas de se soumettre aux formes en statuant. Or pour
adjuger une demande au civil, il faut qu'elle ait été exposée,
signifiée, discutée, qu'il y ait eu des défenses fournies ou refus
constaté d'en fournir. Ici a-t-on rien accompli de tout cela? Où
est la sommation faite au Comte de Morangiés de reconnoître la
dette de 299400 liv. d'en payer le montant? Où est la demande
en regle & le titre de cette créance? Ne pouvoit-il pas avoir
d'autres moyens pour l'écarter? Les Juges pouvoient-ils être sûrs
qu'il avouoit ces billets ; que ces billets n'avoient point quelqu'autre vice en eux-mêmes, que la fraude sur laquelle portoit
le procès criminel? Pourquoi se hâter si fort de condamner le
Comte sur une demande qu'il prévoyoit si peu, qu'il n'a pas même
pris de conclusions pour la combattre?

Ce n'est pas tout : voici une bien autre violation des formes
& une confusion bien plus étrange de tous les principes. Le Comte
de Morangiés est condamné à payer 299400 liv. il y a donc un
titre contre lui? Ce titre, quel est-il? Ce ne sont pas les billets,
ils ne peuvent pas composer cette somme. Ensemble ils sont au-
dessus, séparés ils sont au-dessous.

Ce n'est pas la preuve acquise au procès qu'il ait reçu les
299400 liv. non-seulement la Sentence ne le suppose pas, mais
elle en exclut l'idée. On l'a dit, le Comte n'y est déclaré *atteint
& convaincu que d'avoir dénié le prêt, d'avoir autorisé par sa présence des mauvais traitemens dont l'objet étoit d'extorquer des déclarations contraires à la réalité du prêt.* Les déclarations sont an-

H

nullées comme étant *la suite de ces mauvais traitemens* ; rien de tout cela n'emporte la conviction d'un prêt consommé de 299400 liv. rien de tout cela ne forme un titre en vertu duquel on puisse redemander au Comte précisément cette somme qui n'est contenue dans aucun écrit.

Et qu'on y prenne garde, ceci n'est pas une chicane, une subtilité. Si les Juges avoient simplement ordonné l'exécution des billets, s'ils avoient renvoyé les Dujonquay à se pourvoir devant les Tribunaux ordinaires, pour en demander le paiement à leur échéance, ou même ordonner le paiement de ceux qui étoient déjà échus, ils auroient commis une injustice ; mais ils auroient observé ces règles ; on auroit pu supposer que, subjugués par la force littérale des billets, ne trouvant point dans la procédure de quoi les anéantir, ils se seroient décidés à laisser aller les choses suivant le cours ordinaire, & que sans croire ni à l'innocence ni au crime d'aucune des Parties, ils n'auroient donné la supériorité dans le Jugement qu'à celle qui avoit l'avantage de produire en sa faveur des titres écrits que l'autre ne détruisoit pas suffisamment.

Mais ce n'est pas-là ce qu'ils ont fait. Ils écartent eux-mêmes les titres ; ils les jugent défectueux ; ils y dérogent ; ils en composent un nouveau qui n'existe point au procès ; & c'est sur cette chimère créée par eux qu'ils condamnent le Comte, c'est ce fantôme de leur fabrique auquel ils veulent le contraindre de donner une existence réelle ! Ce n'est plus ici méprise, ce n'est plus ignorance. Qu'est-ce donc ; je le demande au lecteur ?

Mais, diront-ils, nous ne pouvions pas adjuger aux Dujonquay plus qu'ils ne demandoient. Ils se restraignoient aux 299400 liv. que nous leur avons données. Pouvant redemander, suivant les titres, 327000 l. ils en ont retranché 27600 l. N'est-ce pas-là un préjugé qui autorise à présumer bien favorablement de la naïveté de leur ame & de la vérité de leur répétition ?

D'abord n'auriez-vous pas dû sentir que cette candeur apparente étoit forcée, & que les Dujonquay ne consentoient à ce petit retranchement que pour sauver le reste ? S'ils avoient pu se flatter de persuader à qui que ce fût qu'ils avoient eu la générosité de prêter au Comte la somme entière sans intérêt, ne voyez-vous pas qu'ils l'auroient redemandée entière ? Mais comme cette absurdité leur a paru à eux-mêmes révoltante, quoique le succès de toutes les autres qu'ils ont hasardées depuis prouve qu'ils auroient pu impunément y joindre celle-là de plus, ils se sont fait un mérite de la supprimer; ils ont affecté d'être les premiers à publier qu'ils ne répétoient que cent mille écus strictement; & afin d'ajouter encore à cette modération une petite particularité plus touchante, ils ont compris dans la diminution les 600 liv. abandondonnées, disent-ils, au jeune porteur des especes pour son droit de courtage.

Il est vrai qu'il est ridicule de supposer que le Comte de Morangiés ait songé à offrir 25 louis au fils de la propriétaire de cent mille écus, à l'héritier de ces richesses; il est incroyable que le jeune homme les ait reçues; que se destinant à un office élevé, à la Magistrature, comme on l'a si noblement soutenu, il ait accepté un pour-boire après ses courses; mais enfin tout le reste de cette histoire est si puérile, toutes les anecdotes dont elle fourmille sont si révoltantes, que celle-là n'a rien d'extraordinaire. Si l'on admet que la veuve d'un homme, mort insolvable *, a pu recevoir d'un autre homme, mort insolvable aussi *, 260000 liv. que l'indigence du premier avoit confiées à la détresse du second; que ce trésor oublié trente ans a reparu justement quand le Comte de Morangiés en a eu besoin; qu'un Cocher s'est trouvé là précisément quand on le comptoit sur une petite table, à un troisieme étage, pour aider à le diviser en petits sacs, & encore quand on le transportoit pour certifier la vérité du transport; que celui à qui il devoit appartenir un jour, s'est condamné à parcourir à pied dans une matinée, chargé d'un très-lourd fardeau, plusieurs lieues, uniquement par obéissance pour un caprice de celui à qui il livroit son argent, on peut croire aussi qu'il en a reçu une gratification.

*Veron.
* Chotard.

Je le répete, si les Dujonquay avoient pu soupçonner qu'il y eût des esprits assez credules pour que ce tissu d'extravagances fît des partisans & des enthousiastes, ils n'auroient pas sacrifié ainsi la douzieme partie de leurs espérances à la crainte de n'être pas cru sur le fait de leur générosité; & comme les Gilbert, les Tourtoura, les Aubourg, osent bien soutenir que c'est le désintéressement le plus noble qui les attache à l'affaire, ceux qui les mettent en œuvre publieroient aussi qu'en prodiguant leur or au Comte de Morangiés ils n'ont eu en vue que le désir pur & sublime d'obliger un homme de condition & de relever une famille illustre.

Mais alors ils n'étoient pas encore si aguéris; ils se sont donc hâtés de publier qu'ils n'avoient fourni que les onze douziemes de

H ij

la fomme portée aux billets. C'étoit, fuivant eux, un moyen de donner un peu moins d'improbabilité au refte de la fable ; & pour qui n'avoit rien fourni du tout ; c'étoit un bénéfice affez riche que cent mille écus moins 600 livres.

Cette feule réflexion ne fuffifoit-elle pas pour vous faire fentir combien il falloit peu vous arrêter à ce retranchement apparent ? & s'il vous paroiffoit une raifon fuffifante pour ne pas ordonner le paiement entier des billets, fon motif & tout le refte de la procédure ne jettoient-il pas affez de lumiere fur la Caufe pour vous engager à anéantir les billets eux-mêmes, en vous fuppofant comme vous l'avez cru, le droit de ftatuer fur le civil ?

La Loi vous en faifoit une néceffité. Ce qui réfulte de cet aveu, tout fufpect, tout frauduleux qu'il étoit dans le principe, c'eft que ces billets font ufuraires ; le capital n'eft point aliéné, & produifoit des intérêts ; cet intérêt eft compris en-dedans ; il excede le taux du Prince ; d'ailleurs étant ainfi confondu dans le capital, il produit des intérêts lui-même ; il devient, avant que d'être échu, un fecond capital exigible auffi.

Or nos Loix profcrivent févérement cette efpece de trafic, dont le motif n'eft jamais bien pur. L'Ordonnance de Blois, article 202, en annulle les titres, les met au rang des délits qu'elle punit corporellement ; des Arrêts de Réglement modernes ont rappellé & obfervé cette rigueur ; l'un, du 29 Juillet 1745, déclare *nuls* comme ufuraires des billets, lettres de change, transports foufcrits par des majeurs au profit d'un nommé Pierre Colomb, & ordonne que les débiteurs ne feront tenus d'en payer que ce qu'ils affirmeront réellement devoir. L'autre encore plus récent, du 27 Août 1764, ordonne l'exécution des anciens Edits & Réglemens, notamment de l'art. 202 de l'Ordonnance de Blois, & fait défenfes à toutes perfonnes de prêter à intérêt des deniers non aliénés, à peine de nullité defdits prêts, & de punition corporelle. Il y en a mille dans notre Jurifprudence qui ne permettent pas d'élever le moindre doute à cet égard.

Je fais bien que l'ufage du commerce a prévalu ; je fais que s'il s'agiffoit d'un prêt réel fait de bonne foi ; fi un Négociant, ou même un autre particulier muni d'un titre non fufpect, effuyoit de fon débiteur un refus de payer ; fi celui-ci traduifoit le créancier devant les Tribunaux, & que fans autre motif que la violation de la Loi, fans moyen d'aucune efpece que fa réclamation, fans pouvoir ébranler la vérité du prêt, il foutint que les billets doivent être annullés, & la dette écrite reftreinte fur fa feule déclaration verbale, il feroit éconduit. La faveur due à la bonne foi prévaudroit fur la rigueur des regles ; les Juges pourroient peut-être prendre fur eux de les laiffer dormir ; la grande confidération du danger d'autorifer l'infidélité pourroit l'emporter à leurs yeux fur la grande confidération du rifque qu'il y a à interpréter les Loix.

Mais ici, quelle différence ! C'eft un prêt chimérique, un prêt impoffible ; c'eft une créance criminelle dans fa fource ; bien loin qu'il y eût du danger à la profcrire, il n'y en a qu'à l'admettre.

On nous crie que fi les billets du Comte font annullés, le Commerce eft perdu ; & moi je dis que s'il eft contraint à les payer, toute confiance dans la négociation des effets eft détruite. Si les Dujonquay font récompenfés de l'audace qu'ils ont eue de s'approprier un papier qui n'a paffé dans leurs mains que pour en fortir ; s'ils reçoivent le prix du complot odieux qu'ils ont formé de fe métamorphofer d'agioteurs fubalternes en propriétaires opulens, il n'y a point d'homme adonné au même emploi qui ne foit tenté d'en abufer, point de Négociant, de Banquier qui n'ait à trembler de voir fes effets circuler, s'il n'a des déclarations précifes que la valeur n'en a point été fournie.

Dans de pareilles circonftances, le Comte de Morangiés eft-il blâmable de revendiquer l'obfervation littérale de la Loi ? & la Juftice peut-elle fe difpenfer de l'ordonner ? Or d'après la Loi, d'après les Arrêts, les billets font nuls, & la feule affirmation du Comte eft admiffible.

Non-feulement l'abandon des 27000 livres d'arrérages démontroit l'ufure & forçoit les Juges à profcrire les titres qui en étoient infectés ; non-feulement ils ne devoient point s'arrêter à ce facrifice apparent qui n'étoit qu'une preuve de plus de la réalité du complot ; & c'eft de leur part une très-grande méprife, que d'y avoir attaché tant d'importance : mais il femble qu'ils aient eu du regret de voir les Dujonquay renoncer volontairement à une fi groffe portion de leur bénéfice, & qu'ils fe foient crus engagés d'honneur à les indemnifer ; c'eft ce qu'ils ont fait en condamnant le Comte à payer les intérêts de 299400 livres, non pas fuivant les termes portés aux billets, mais à compter du 31 Septembre 1771.

Par-là dès-à-présent il est dû aux Verons 25000 livres d'arrérages pour vingt mois ; & si le procès en duroit seulement encore quatre, ils auroient droit à 30000 livres. Desorte qu'ils auroient reçu de la Justice du Bailliage du Palais plus qu'ils ne pouvoient attendre de l'usure à laquelle ils semblent renoncer ; car celle-ci, dans le même espace de tems, ne leur produisoit que 27000 livres.

Y a-t-il donc jamais eu un renversement plus étrange de toutes les regles de la Justice & même du sens commun ! Et de qui les Juges du Bailliage ont-ils reçu le droit ou la hardiesse de les violer ainsi ? Depuis quand des Tribunaux peuvent-ils, à leur gré, déroger à des conventions fixées entre les Parties ? En supposant les billets valables, que pouvoit-on faire de plus que d'en ordonner l'exécution ? Alors ils s'en trouveroit un qui n'est pas même encore échu. Dans la plus grande de toutes les rigueurs, le Comte de Morangiés ne se trouveroit donc redevable que des trois autres qui ne feroient ensemble que 224000 livres. Il ne pourroit être tenu des intérêts que proportionnellement au tems qui s'est écoulé depuis l'échéance de chacun ; & voilà que des Juges, des Juges Jurisconsultes viennent tout confondre, tout bouleverser. Ils ordonnent le paiement d'une somme qui n'est pas encore due ; ils autorisent à percevoir des intérêts pour une créance dont le terme est encore éloigné. Traitant une société d'usuriers plus favorablement qu'elle ne s'est traitée elle-même, ils lui prodiguent un lucre qu'elle n'a osé s'approprier ; & le fruit de leur crime, c'est de recevoir tout à la fois des mains de la Justice, & plus d'argent qu'il ne leur en auroit produit, & l'absolution.

Enfin ce n'est pas encore tout. Cette restitution qui sero t toujours inique parce qu'elle seroit anticipée ; quand le Comte de Morangiés auroit en effet reçu, les Juges y joignent la contrainte *par corps*. Mais encore une fois, avoient-ils donc oublié tous les principes usuels de la Jurisprudence & les plus triviaux ? Qui ignore au Barreau que les billets à ordre n'engendrent point cette espece de contrainte, sinon entre Marchands publics ? Les livres ne sont-ils pas pleins d'Arrêts qui consacrent cet axiome ? Quel a donc été le motif des Juges pour le méconnoître ?

Oh ! diront-ils, notre motif ? il est bien simple. C'est que ce n'eſt pas ſur les billets que nous avons jugé le Comte, c'eſt ſur ſon crime.

Je vous entends. Vous avez donc la preuve de ce crime? En ce cas, pourquoi ne le déclarez-vous coupable que de l'avoir nié? Pourquoi ne le puniſſez-vous que de la plus légère de toutes les peines? Car, pour un homme de ſon rang & de ſa délicateſſe, la perte de l'argent n'en eſt pas une. Vous êtes comptables à la Société de l'exemple que vous avez manqué de lui donner. Si dans le reſte de votre Sentence on ne voyoit pas trop clairement que ce n'eſt pas l'indulgence qui a déſarmé vos mains; s'il n'étoit pas démontré que vous ne vous êtes refuſé à aucun des moyens de perdre le Comte, & que vous avez écarté tous ceux de le ſauver, le Miniſtere public devroit vous prendre à Partie ſur le ſeul fondement de cette douceur ſcandaleuſe.

Mais, non, vous ne l'aviez point la preuve de ce crime: ſi vous l'aviez eue, vous en auriez fait uſage; vous l'auriez publiée avec tranſport, bien loin de la cacher. Et combien elle vous auroit épargné de peines, ſi elle avoit pu réſulter du Procès! De combien d'embarras, de fatigues elle vous auroit diſpenſés!

Au lieu de ce labyrinthe tortueux de petites diſpoſitions toutes relatives, & pourtant toutes oppoſées; au lieu de cette combinaiſon accablante d'intérêts tous ménagés, & pourtant tous ſoigneuſement ſubordonnés à l'intérêt principal qui devoit dominer; au lieu de ce choix ſcrupuleux des termes qui puſſent faire ſoupçonner le crime ſans l'annoncer, & juſtifier en apparence l'extorſion judiciaire des cent mille écus faite au Comte, ſans décider nettement ſi la réalité de l'extorſion clandeſtine dont il eſt accuſé étoit conſtatée; il étoit bien plus ſimple, bien plus commode, bien plus beau de prononcer, *atteint & convaincu d'avoir excroqué le montant des billets mentionnés au Procès, pour réparation de quoi le condamnons aux Galeres, à la roue.* L'excès de la peine étoit la meſure de l'approbation publique. Tout étoit dit; la plume me tomboit des mains: les partiſans du Comte de Morangiés alloient dans le ſilence de l'ignominie & du déſeſpoir pleurer leur triſte mépriſe; ce prononcé qui auroit produit de ſi grands effets, ne vous auroit coûté qu'une minute. Il a fallu une ſéance de vingt-une heures ſans interruption, pour arranger, pour fabriquer l'autre, & dont l'art ni le tems n'ont pu maſquer les défauts.

Vous n'avez donc pas trouvé dans la procédure de quoi fonder le premier; & si dans l'état où elle est; si malgré les violences faites aux témoins ; si malgré les menaces dont ils ont été accablés; si malgré les décrets injustes, les opprobres atroces, les mauvais traitemens sans nombre auxquels ils ont été exposés; si malgré les facilités de toute espece prodiguées aux Veron (1) ; si malgré des manœuvres qui passent tout ce qui précede, & dont la preuve se fera dans l'addition d'information qui est indispensable, il vous a été impossible de tirer de celle qui est faite de quoi convaincre le Comte de Morangiés , quel terrible préjugé s'éleve contre la Sentence & contre tout ce qui a précédé !

Résumons-nous sur cet article. Il réunit tout ce qu'il est possible d'imaginer de contradictions & d'irrégularités. Les Juges ne sont pas compétens : les titres réels sont mis à l'écart ; on prononce sur un fondement chimérique ; on rend exigible sur le champ une créance qui n'est point à terme ; on adjuge pour une somme qui n'est pas échue en entier des intérêts supérieurs à l'usure même, que l'on feint de ne vouloir pas tolérer. On surcharge le tout d'une condamnation par corps qui répugne à la nature même de la dette, en la supposant prouvée. Enfin, tout ce qui existe, tout ce qui est réel est négligé ou méprisé. Les Juges n'accueillent qu'une chimere , & la Cause sur laquelle ils statuent, n'est pas celle qui est renvoyée devant eux : c'en est une qu'ils ont fabriquée arbitrairement. Voilà une partie de ce que j'ai à dire sur cet article ; je n'en tire pas encore les conséquences, je les réserve pour un autre tems ; elles seront la justification de la prise à Partie, comme tout le reste en sera le motif.

---

(1) En voici une : La Loi défend que les procédures criminelles soient communiquées aux Accusés. Cette Loi a le sort de toutes celles qui outrent la rigueur , celui de n'être pas exécutées ordinairement. Elle ne fait que forcer à ajouter à l'infraction de la regle une prévarication ; il en coûte de l'argent, mais avec cette ressource on se procure ce qu'on ne devroit point avoir. Ici, elle a été exécutée à la rigueur envers le Comte de Morangiés. Les procédures ont été impénétrables pour lui ; il n'en a pas été de même envers ses Adversaires ; les minutes en ont été remises dans les mains d'Aubourg & de Dujonquay ; elles ont été copiées pour eux ; le Comte de Morangiés est en état de dire où & par qui. Par ce seul trait qu'on juge des autres.

§. X V.

§. XVI.

Permettons auxdits femme Romain, Dujonquay & Gilbert de faire écrouer & recommander ledit Comte de Morangiés & Debruguieres, pour sûreté desdites condamnations.

Nous avons vu jusqu'ici des choses bien révoltantes ; nous avons eu à reprocher aux Juges un oubli absolu des principes de la Jurisprudence, un mépris inconcevable des Loix & des usages : voici qui est au-dessus de tout.

Une maxime établie par la raison, recommandée par l'humanité & scrupulement respectée par les Tribunaux, c'est de n'admettre, sur ce qui concerne la liberté des Citoyens, ni fraude, ni surprise. Quand la Justice se décide à les en priver, elle ne souffre pas que les Officiers chargés de ce ministere rigoureux emploient le moindre artifice pour en assurer le succès : s'il est prouvé qu'on ait eu recours à cette ressource, les coopérateurs sont punis, & les liens du prisonnier sont rompus.

Il y a plus : elle ne souffre pas même que les rigueurs en ce genre soient cumulées ou confondues ; elle ne souffre pas, quand un débiteur est arrêté sur le soupçon d'un délit, que les créanciers profitent de son malheur pour s'épargner les frais d'une Sentence, ou de ce qu'on appelle une *capture* ; elle rougiroit de se prêter à cette vile & cruelle économie. Elle commence par vuider la question de l'innocence du captif ; elle lui rend la liberté s'il la mérite ; & s'il ne peut pas en profiter, c'est en raison de poursuites étrangeres, de condamnations absolument distinctes, séparées de celle qui l'a d'abord conduit dans les prisons. Rien n'est si sage que cette Jurisprudence ; & il n'est pas besoin d'y réfléchir beaucoup pour sentir combien elle est précieuse à l'ordre public.

Maintenant ici que se passe-t-il ? Le Comte de Morangiés est décrété & chargé de fers pour une cause d'un genre tout différent de la créance de Dujonquay. Il est, dit-on, soupçonné d'avoir suborné des témoins. On l'emprisonne : à la bonne heure : mais aujourd'hui vous êtes forcés de le déclarer innocent. Vous ne pouvez vous dispenser de convenir que le décret étoit injuste ; vous décidez que son écrou sera rayé & biffé. Il va donc sortir ? Non.

I

Euridice près de revoir la lumiere n'eft pas plus fubtilement ravie à l'imprudence amoureufe de fon époux par les exécuteurs des vengeances infernales, que le Comte ne l'eft par vous à la Juftice qui s'avance pour le tirer des cachots. Son écrou fera rayé, mais vous remettez fur le champ la plume dans les mains des Dujonquay pour en tracer un autre. En vous jouant ainfi de fon innocence, de fa perfonne, de fon honneur; vous prolongez fon défefpoir & celui de fa famille; vous enhardiffez la confiance fcandaleufe de fes ennemis; vous confirmez fur lui la flétriffure du crime à l'inftant même où la force de la vérité vous réduit à confeffer qu'il n'eft pas criminel.

Qu'un créancier impatient & barbare eût commis cette méprife, on n'en feroit pas étonné; qu'inftruit des faits, voyant bien que la ridicule accufation de fubornation ne pouvoit pas fe foutenir, & que le Comte alloit enfin revoir le jour, il eût effayé de mettre obftacle à fa fortie pour des intérêts civils; il n'auroit fait qu'une imprudence inutile & déshonorante; la Juftice indignée auroit brifé cette infame barriere, & le Comte triomphant auroit été rendu à fes parens qui le pleurent, à fes amis qui le juftifient par leur attachement, à fon ordre qui l'abfout & le réclame, à la fociété entiere qui a intérêt de le recouvrer.

Mais que ce foient des Juges qui recommandent une prévarication pareille; que ce foient eux qui en fourniffent le moyen; qu'ils fouffrent qu'on puiffe les foupçonner d'être les complices d'une trahifon fi criminelle; qu'ils s'expofent volontairement au reproche d'avoir tendu de leurs mains un piege à l'innocence, & d'avoir fait pour la perdre ce qu'on ne feroit pas excufable de hafarder pour la fauver, le cœur à cette idée fe fouleve; on frémit d'indignation, on pleure de pitié; on ne fe confole, on ne fe raffure que par l'efpérance de voir enfin tant d'attentats punis, & la fociété entiere qu'ils compromettent vengée avec éclat.

Cette manœuvre n'eft-elle pas l'indice le plus convaincant que la détention du Comte & tout ce qui l'a précédé eft le fruit d'une intrigue fecrete? On vouloit le fequeftrer; on craignoit l'impreffion de fes difcours, de fa fermeté. On redoutoit cet empire qu'a fur les cœurs honnêtes l'ingénuité d'un homme innocent; on vouloit, à quelque prix que ce fût, le mettre hors d'état de fuivre & de folliciter par lui-même fon Procès.

Auffi, dès le commencement, on envenime contre lui la mauvaise volonté de quelques-uns de ses créanciers, entr'autres d'un sieur Monvoisin déjà vendu à ses ennemis. Pendant deux mois entiers, la rigueur de leurs pourfuites tient le Comte presque prisonnier. Pour se rendre au Palais & subir ses interrogatoires, il étoit obligé de prendre un sauf-conduit du Juge.

Sa famille, convaincue du tort que lui fait cette cruelle inaction, se remue, s'épuise. Cette famille, si horriblement injuriée, si indignement compromise, se prive de tout, renonce à tout. Equipages, chevaux, meubles . . . . le cœur me saigne en le disant, tout est vendu. Le pere septuagénaire, les sœurs accablées de douleurs, les freres réduits au désespoir & chargés d'un oprobre si peu fait pour eux, se privent même du nécessaire; on fait enfin une somme modique; la Direction même s'émeut : elle donne une provision : les créances dont on abusoit s'éteignent; le Comte est libre; il va vaquer à son Procès : ce ne sera pas pour long-tems.

On séduit la fille Hérissé. Gilbert, le Concierge, le Marquis Aubourg abusent de sa foiblesse; l'espérance de sa grace & d'une somme d'argent la persuadent. La tendresse de sa mere lui donne une complice excusable, si la complaisance pour une manœuvre aussi horrible pouvoit l'être : on charge le Comte. De quoi? Du plus puérile, du plus fou de tous les crimes, d'avoir séduit des témoins dont il n'avoit pas besoin. Et comment prouve-t-on la séduction? Par une lettre qui apprend seulement qu'on lui a demandé de l'argent qu'il n'a pas donné, par la déposition d'une femme qui prétend avoir reçu de lui : combien? 54 livres en plusieurs fois; éclaircit-on même l'objet de cette prétendue générosité? Le Juge a-t-il soin de s'assurer si elle a eu pour but de corrompre le témoin? Il s'en garde bien. S'il l'avoit fait, la Hérissé auroit sans doute répondu dès son interrogatoire, comme elle l'a fait aux confrontations; elle y a toujours soutenu faussement que le Comte lui avoit donné les 54 livres, mais sur ses interpellations elle a ajouté qu'il ne lui avoit jamais recommandé que de dire la vérité. Ainsi dans son interrogatoire on s'est borné à recevoir d'elle le fait supposé, en évitant d'entrer dans aucun détail. On s'empresse d'écrire qu'elle dit avoir reçu de l'argent du Comte, & on ne s'informe pas même à quelle intention.

Sur de semblables indices, on rend plainte; on décrete le Comte, on l'emprisonne : tout cela est fait en deux jours.

Il demande sa liberté provisoire. On se souvient de tout ce qui s'eft paffé alors , & dont le fruit eft de faire échouer fa demande.

Enfin arrive le Jugement définitif ; il eft reconnu innocent de cette extravagante chimere , qui n'étoit criminelle que de la part de fes Accufateurs. Il femble que rien ne s'oppofe à fa délivrance ; & cependant elle n'aura pas lieu. Les Juges eux-mêmes appellent les Dujonquay ; ils leur enjoignent de fe préfenter fur le feuil de fa prifon , & d'en repouffer le guichet au moment où il s'ouvrira pour rendre leur victime au jour. Ils arment ces mains coupables du titre qui devoit être donné contre elles feules , & l'innocence confternée recule avec effroi dans ce gouffre où fes Adverfaires devoient être plongés.

Lecteurs fenfibles ! ames honnêtes ! Citoyens qui avez quelque chofe à perdre , je le répéterai toujours, méditez fur cet effrayant tableau.

§. X I X.

Ordonnons que les Mémoires imprimés du Comte de Morangiés feront & demeureront fupprimés.

Grace aux Juges du Bailliage , c'eft donc nous qui avons écrit des libelles ; grace aux Juges du Bailliage , c'eft nous qui fommes des diffamateurs. Les Ecrivains foudoyés d'efpérance par la cabale de Dujonquay , ou alléchés par l'efpoir de tirer un petit lucre de l'avidité publique pour les plus dégoûtantes rapfodies, dès qu'elles annoncent quelque fiel , quelque venin , font des Défenfeurs refpectables qu'il n'eft pas permis de toucher. A cet égard , faifons quelques réflexions qui ne feront point déplacées.

Les libelles font un des plus grands fléaux de la fociété ; c'eft une maniere d'affaffiner contre laquelle il n'y a point de défenfes. L'invention de l'Imprimerie en a multiplié le danger & facilité le fuccès. Le monde eft plein de fots qui n'ont jamais fu réfifter à un imprimé que quand il eft conforme à la raifon. Leur foi docile à l'excès pour tout ce qui eft abfurde & préfenté avec audace, fe roidit invinciblement contre la vérité naïvement, modeftement expofée ; & fi l'extravagance qu'ils adoptent peut compromettre un Grand, fi au penchant qui les porte toujours à embraffer une chimere ridicule fe joint la fatisfaction orgueilleufe de paroître s'élever au-deffus de la différence des rangs, de protéger le pauvre , d'attaquer l'autorité ou les gens en place , alors leur crédulité ne connoît plus ni frein ni bornes. La perfuafion chez eux fe change en enthoufiafme, & bientôt en une véritable rage contre quiconque a le malheur de ne la point partager.

Voilà pourquoi les libelles font une arme fi utile dans tout ce qui eft affaire de parti, & pourquoi fouvent ils donnent même naiffance aux partis. Je n'ai pas befoin d'en citer des preuves, ni de m'arrêter à faire voir combien par cela même la Juftice doit être attentive à réprimer ces excès, à éteindre ces flambeaux qui portent l'incendie dans la fociété, & caufent des ravages, dont cent ans de foins, & même une éternité de fecours ne peuvent effacer toutes les traces.

S'il y a jamais eu une affaire dans laquelle cette réflexion ait dû être préfentée, c'eft celle-ci. Ce font les libelles feuls qui ont conduit le Comte de Morangiés où il eft. C'eft une chofe bien remarquable que chaque époque intéreffante de la procédure ait été fignalée par une production de cette efpece. La veille de l'Arrêt du 11 Avr. 1772, on a diftribué une petite fatyre, fignée *Lacroix*, petite par fon volume, & monftrueufe par fon atrocité, cette brochure où étoient confignés deux faits dont il n'avoit pas été queftion un inftant dans la Caufe, celui d'une montre volée & d'un billet fait au profit d'un fieur Paté, dont le Comte de Morangiés avoit, difoit-on, nié fauffement d'avoir reçu la valeur.

La preuve contraire à ces calomnies avoit été remife le foir au Miniftere public, qui n'a pu s'empêcher d'en faire mention le lendemain à l'Audience : mais la délation étant écrite, & la réfutation verbale, celle-ci a été oubliée, l'autre a été crue. Si j'avois écrit pour la détruire, on m'auroit dit ce qu'on a crié avec tant de fureur au fujet des *Obfervations* : vous revenez fur une chofe jugée ; vous écrivez contre un Arrêt ; attendez le Jugement. Il a donc fallu cette premiere fois attendre, fe voir calomnier paifiblement, & laiffer faire à l'impofture un progrès qui a nui peut-être au Comte de Morangiés plus que tout le refte.

Beaucoup d'honnêtes gens le croyant convaincu des ces deux faits faux, n'ont pas eu de peine à le foupçonner d'un autre ; on les a toujours reproduits depuis, & c'eft l'arme à l'ufage de quelques beaux-efprits, de quelques foi-difans Philofophes, de quelques conteurs d'anecdotes, qui fe font, dit-on, un amufement, où un métier férieux de protéger les Dujonquay.

Quand le fieur Monvoifin & fon affocié étant payés, on a fenti

qu'il falloit une autre reſſource pour ſuppléer à leur utile acharnement, & priver le Comte de ſa liberté; quand l'infame projet de la
plainte en ſubornation a été conçu, arrêté, décidé entre les complices, & qu'on a cru avoir beſoin d'y donner une eſpece de paſſe-port,
qu'on s'eſt cru obligé de réveiller l'efferveſcence publique, de
livrer de nouveau le Comte de Morangiés à l'infamie, afin de pré-
venir la ſurpriſe où l'on pourroit être de le voir ſi durement traité,
une ſeconde ſatyre s'eſt produite ; on a vu éclorre les *preuves dé-
monſtratives*, où les faits de la montre & du billet denié ont reparu avec cent autres non moins faux, non moins calomnieux.

Le Comte a été en conſéquence mis en priſon.

Il a demandé ſa liberté. On a diſcuté ſa demande avec appareil.
Alors on n'a point imprimé de libelles ; ils ont été lus à l'Audience,
& n'en ont pas moins produit leur effet.

Inſtruit par l'expérience du paſſé, combien le ſilence pouvoit
être dangereux, j'ai donné mes *obſervations*; ſi l'on n'avoit voulu
qu'y répondre, ſi l'on avoit eu des choſes vraies à y oppoſer, on
ſe ſeroit hâté de le faire. L'impreſſion qui en a réſulté étoit aſſez
vive pour qu'on s'empreſſât d'eſſayer de la détruire. On ne pouvoit
pas nous ſoupçonner d'avoir voulu profiter des circonſtances,
puiſque nous les donnions immédiatement après un Arrêt en
partie défavorable pour nous, & long-tems avant un Jugement
dont tout nous faiſoit aſſez préſumer la lenteur. Pendant ſix ſe-
maines nos Adverſaires ſont reſtés immobiles ; mais quand ils ont
été inſtruits que le Jugement du Bailliage approchoit ; quand ils
ont été informés que la Sentence ſe préparoit, alors pareils à ces
joueurs adroits qui placent à propos les avantages dont les regles
de certains jeux permettent de diſpoſer comme on le veut, ils ont
imprimé un libelle dont notre langue n'offre peut-être pas
d'exemple, quelque féconde qu'elle ſoit malheureuſement en ce
genre de productions, c'eſt celui dont j'ai parlé en commençant.

Il eſt diviſé en deux parties ; la premiere ſemble être deſtinée
à la diſcuſſion de l'affaire ; elle n'eſt cependant employée qu'à
la diffamation la plus cruelle contre tous ceux qui y ont eu part.
La Nobleſſe en général, les Officiers qui ont concouru à recevoir
les déclarations des Verons, le Marquis de Morangiés pere, les
témoins qui ont rendu hommage à la Juſtice en faveur du fils,
ſont outragés nommément avec une indignité dont l'idée ne s'é-
toit encore préſentée à perſonne. Un de ces témoins, homme de

qualité, y eft défigné par fon nom propre, p. 38, & qualifié *fils d'un Marchand de bœufs de Limoges , à qui l'on vient d'intimer la défenfe de paroître dans des jeux publics , parce qu'il n'eft pas même affez bonne compagnie pour les tripots:* On y lit, page 28 , ces propres termes en parlant de M^r le Chauve , Officier refpecté par fes talens & cinquante ans de probité. *Et en effet , quel individu honnête peut fans friffonner fonger qu'il habite le même féjour qu'un le Chauve , lequel , à la follicitation du premier homme accrédité, l'enverra chercher fous le beau femblant d'une médiation, & faura bien , le poignard furfa gorge , le forcer à figner fa ruine ou fon déshonneur.* On lit , page 56 , *M. de Morangiés eft un homme de qualité ; & bien c'eft un frippon de qualité.* Et page 65 , *le fieur de la Molette de Morangiés eft-il donc un defcendant des Duguéfclin , des Thoiras , des la Noue , ou de quelques-uns de ces braves héros , l'honneur & la gloire de la Nation Françoife? Eft-il le fils d'un Bayard , Chevalier fans peur & fans reproche , qui fe jette dans Meziéres pour la garder contre une armée de quarante mille homme , & difoit qu'il n'y avoit point de place foible là où il y avoit des gens de cœur pour la défendre.* OH NON , C'EST LE FILS DE CELUI QUI A DÉFENDU MINDEN. Et page 67 , *qu'on fe rappelle qu'il y a aujourd'hui deux fortes de Nobleffe , l'une vertueufe , qui fait la force & la fplendeur de l'Etat , & l'autre compofée d'une troupe d'individus livrés à toutes leurs paffions , contractant des dettes de toutes mains , fléaux des Marchands , jouets & reffources des fangfues de l'intrigue , & qui toujours trompeurs trompés , achetant cher pour vendre à bon marché , appellent cela entendre les affaires. On ne dira pas que le Comte de Morangiés mérite d'être rangé dans la première claffe.* Et à la fuite de ce paffage fcandaleux , on réveille les faits de la montre , du billet de Pâté : on en reproduit de nouveaux que l'imagination des Affociés a controuvés depuis.

La feconde partie eft toute entiere contre moi. Mes ouvrages , ma perfonne , mes mœurs , l'intérieur de mon ménage & de ma vie , y font expofés à une inquifition dont rien n'égale l'indécence & la fureur. Voici entr'autres un des paffages qu'on y lit, p. 8 & 9 : " Tout montre que le coupable eft celui que vous défendez. Et une " preuve de cette vérité, preuve frappante que j'ai négligée dans ma " réponfe à M. de Voltaire , c'eft vous-même qui me la fourniffez. " Du moment où le Comte de Morangiés fut accufé, il perdit toute " efpece de crédit. Qui auroit voulu hafarder de lui confier quel- " que chofe ? Cependant depuis ce tems-là vous n'avez ceffé de

» plaider ou de crier en sa faveur. Vous avez écrit pour lui plu
» de 200 pages grand in-4°. dans lesquelles on peut compter a
» moins un millier de gros mots & je ne sais combien de faus
» setés brochant sur le tout. A présent personne n'ignore la dé
» pense énorme qu'est obligé de faire Me Linguet, Avocat très
» illustre, forcé de proportionner son train à ses talens, tenan
» maison superbe à la ville & à la campagne, ayant équipage
» nombreux domestique, & que sais-je encore? Si donc Me Lin
» guet travaille avec tant de zele pour M de Morangiés, il fau
» que M. de Morangiés paie Me Linguet en conséquence; & s'i
» paie, il faut qu'il ait touché 100,000 écus dont il se sert à sou
» doyer l'éloquence de Me, Linguet ».

Je sais bien que ce seroit s'avilir que de daigner répondre à d
semblables imputations; je sais bien que ce carrosse dont j'auroi
pu me passer, puisque mon pere alloit à pied & que je n'ai poin
perdu l'habitude de cette allure; cet appartement qui es
agréable, mais qui n'a rien de superbe & qui me dispense d'une
maison de campagne que je n'ai point; ce nombreux domestiqu
qui se réduit à une Cuisiniere, un seul Laquais pour mon frere &
pour moi, & un Cocher; tout ce pompeux étalage ayant précéd
de long-tems la connoissance du Comte de Morangiés & les ser-
vices que j'ai pu lui rendre, je n'ai pas même besoin d'observe
que rien n'est plus étranger à son procès; je sais bien encore qu
l'honnêteté des Magistrats ayant suspendu jusqu'ici la publicité entiere de cette production scandaleuse, assure pour l'avenir, à tou
ceux qui y sont intéressés, une vengeance éclatante & propor-
tionnée à l'outrage qui leur a été fait.

On en va rendre une plainte authentique, aujourd'hui que
nous sommes devant des Juges dont les lumieres égalent le pouvoir & l'intégrité. Aussi n'est-ce pas l'avenir qui m'inquiete; mai
puis-je me refuser à la remarque essentielle du sang-froid avec
lequel le Bailliage a vu ces criminels écrits se multiplier, & de
l'approbation qu'il semble y donner par sa Sentence? Les premier
ont été dénoncés au Ministere public. Le Comte de Morangiés es
en état de prouver que le Lieutenant-Général & le Procureur du
Roi ont eu des exemplaires du dernier. Comment n'en ont-il
pas requis au moins la suppression dans le tems où ils flétrissoien
ceux que la nécessité d'une légitime défense a forcé le Comt
de Morangiés de publier? Pourquoi dans l'instruction le Lieu-
tenan

tenant Général a-t-il refufé opiniâtrement d'y annexer un exemplaire des *preuves démonftratives* que le Comte vouloit y faire
joindre ? Comme intéreffé je veux bien ne pas poufler cette difcuffion plus loin. L'équité des Juges fupérieurs & peut-être la réclamation publique me dédommageront du filence que je m'im-
pofe.

Au refte à ces traits infames fous lefquels on ne ceffe de repré-
fenter depuis deux ans l'infortuné Comte de Morangiés, oppo-
fons un portrait non fufpect, un témoignage qui doit l'emporter
feul par fa pureté fur les diffamations atroces par lefquelles on s'eft
efforcé de le noircir. Voici une piece qui m'a été envoyée par la
Nobleffe du Diocefe où fes Terres font fituées.

Prenant l'intérêt le plus vif à l'état où fe trouve le Comte de Morangiés, notre Compatriote, depuis le commencement de fon malheureux
procès : Nous fouffignés Gentilshommes du Diocèfe de Mende, nous bor-
nions à réunir nos vœux en filence avec tous les honnêtes gens de qui
il eft connu, pour que la monftrueufe affaire qui lui eft furvenue, pût
fe terminer promptement par le développement de la trame noire ourdie
contre lui.

A fuppofer qu'il n'eût pu parvenir à faire triompher la vérité fur l'impofture, il nous paroiffoit que dans ce cas, les Juges, au défaut de preuves fuffifantes pour mettre au grand jour la friponnerie de fes Adverfaires, le condamneroient en gémiffant d'y être forcés, à payer la faute
que lui a fait commettre fon excès de bonne foi, & fa grande imprudence, mais éviteroient fur-tout de lui caufer le moindre fujet d'humiliation.

Dans cet état, notre attachement particulier pour lui, fondé fur l'eftime, eût tiré de nouvelles forces de fes malheurs même, & par les témoignages que nous lui en aurions donnés, nous aurions tâché d'affoiblir
l'impreffion fâcheufe dont fon ame fût reftée pénétrée, non par le dé-
rangement de fortune qu'il eût éprouvé; ce motif ne pouvant entrer en
parallele dans les fentimens d'un homme d'honneur tel que lui, avec
toutes les horreurs auxquelles il auroit été expofé jufqu'au dénouement,
tel que nous venons de le fuppofer.

Nous étions convaincus que malgré les noirceurs publiées contre lui,
tout ce qu'il y a d'honnêtes gens bien au fait de cette affaire ne pren-
droient pas le change, & que fi par l'évenement il fuccomboit, on le
plaindroit fans ceffer de l'eftimer; fuite naturelle d'une infinité de con-
fidérations décifives.

Mais aujourd'hui que nous avons appris le traitement ignominieux qu'on
lui a fait effuyer en l'arrêtant comme criminel; & de voir le Mémoire imprimé de Me Linguet fon Défenfeur, écrit enfuite de fa détention; aujourd'hui que l'on a ôté au Comte de Morangiés la trifte mais confo-

K

lante efpérance de fuccomber pour le fond de fon affaire, fans être def-
honoré; prévenus, comme nous fommes, que nombre d'honnêtes gens
de qui il eft peu ou point connu, penfent fur fon compte d'une manière
peu avantageufe, pour aider à fufpendre auprès d'eux la prévention que
ce traitement rigoureux a occafionné, ou pour fervir dans tous les cas
à donner dans fes malheurs, au Comte de Morangiés la foible fatisfaction
de favoir que fes Compatriotes font bien éloignés de penfer de même;
d'un commun accord, par un mouvement unanime propre à chacun de
nous, NOUS atteftons *que la Maifon de Morangiés eft infiniment refpecta-*
ble à tous égards, qu'elle a toujours tenu dans le Dioctèfe le rang le plus dif-
tingué, plus encore par les vertus qui y ont été héréditaires, que par la for-
tune confidérable dont elle a joui & jouit encore (1); *que le Comte de Mo-*
rangiés dont l'honneur & la probité femblent devenir aujourd'hui un pro-
blème que bien de perfonnes n'expliquent pas à fon avantage, *a toujours*
réuni en fa perfonne ce que l'on peut dire de fa famille. Nous nous faifons
aujourd'hui un devoir de faire connoître le dégré de confidération, d'eftime & d'attachement qu'il s'eft généralement acquis dans tout ce pays;
c'eft la bafe de nos fentimens pour lui, dont nous ne faurions donner des
témoignages trop forts.

Les perfonnes qui penfent folidement, fenfibles à l'honneur, fauront
démêler facilement, & cela par un principe certain, qu'il ne fe voit pas
d'alliage monftrueux de vertus véritablement reconnues avec telles avec
les crimes les plus bas; que fi par un malheureux, mais poffible phéno-
mene, on appercevoit une variation qui d'un homme parvenu à mériter
l'eftime générale, en fît dans la fuite un jufte fujet d'opprobre, cet homme
fuppofé pris dans la claffe de ceux où les premiers principes d'honneur
doivent avoir eu pour origine le premier moment même de leur exiftence, cette étrange révolution ne pourroit avoir lieu que par des gradations proportionnées à ces deux extrêmes. Ceux qui cherchent à vou-

(1) Qu'on prenne garde que ce font des Gentilshommes, des Gentilshommes voi-
fins des lieux où eft le fiege de la fortune du Comte de Morangiés, qui atteftent
qu'elle eft encore confidérable, & qu'on apprécie les indignes plaifanteries, les calomnies non moins indignes qu'on s'eft permifes à ce fujet. Le Comte de Morangiés a
dit que l'objet de fon emprunt, quand il cherchoit 300000 livres, étoit en partie
l'exploitation d'une forêt immenfe qu'il poffede en Languedoc. Voici comme le libelle, dont il eft ici queftion, parle de cette propriété, première partie, page 55.
Sur une très-haute montagne dans le Gévaudan eft une grande Forêt. Elle n'appartient
pas à M. de Morangiés; *mais dans un des revers de la Montagne, roche, nue, efcarpée, où il faut*
en plufieurs endroits fe faire defcendre avec des cordes pour y parvenir, il y a un efpace
triangulaire, aride, inculte, & inabordable, qui contient dans toute fon étendue un chêne,
un chêne unique, coupé à quatre pieds de haut. Telle eft la poffeffion qui conftitue la forêt
immenfe de fapins, chênes, ormes, charmes, & hêtres de la plus belle efpece du Comte de
Morangiés, *& dont il n'exige que 800 à 900 livres pour l'arpent, quoiqu'il foit certain que*
les entrepreneurs en tireront le double.
Tranchons le mot; un homme capable d'offrir pour fureté d'un emprunt de 350000 liv-
res, biens fubftitués en partie, & l'exploitation d'une forêt chimérique, eft un fripon quand
il n'eft pas un fou. Mais M. de Morangiés *eft un homme de qualité*, EH BIEN! C'EST UN
FRIPON DE QUALITÉ.
Le Comte a joint au procès le plan de cette forêt levé il y a plufieurs années, &

loir faire regarder aujourd'hui le Comte de Morangiés sous le point d'infamie le plus odieux, ne manqueroient pas sans doute de rapporter. & prouver les traits par où ils ont pu y être amenés ; traits qu'il ne seroit pas possible d'ignorer (1).

Nous donnons pour garant de la justice du sentiment qui nous fait gémir sur l'innocence opprimée en la personne du Comte de Morangiés, la connoissance particuliere que nous avons de son mérite, *mérite soutenu par des exemples de la probité la plus exacte*, qu'il a toujours donnés dans

qui prouve qu'elle contient au moins dix mille arpens : il y a joint une lettre de l'arpenteur qui a fait cette opération, & qui prouve que rien n'est moins chimérique. Les Tribunaux feront sans doute enfin justice d'une audace aussi cruelle, d'un écrivain mercenaire, qui en avouant, pag. 6 & 22, de la seconde partie de son Libelle, qu'il n'écrit que pour vendre, pour gagner quelque argent, se permet des excès aussi odieux.

(1) Cette réflexion que l'honnêteté présente ici, le crime l'a faite il y a long-tems. On a bien senti qu'on essaieroit inutilement d'inculper aux yeux des gens de probité, le Comte de Morangiés d'un trait de scéleratesse dans cette occasion, si l'on ne faisoit croire qu'il s'étoit déja écarté d'autres fois des principes de l'honneur. Voilà pourquoi on a travaillé avec tant d'acharnement à trouver quelques-uns de ces écarts à lui reprocher, & que n'en trouvant point, on en a supposé : on a empoisonné les faits les plus innocens pour le compromettre. Tels sont ceux de la montre, & du billet du sieur Paté. Tel est celui d'un marché d'une Terre, passé avec M. de la Chataigneraye, que le Comte a voulu, dit-on, payer en billets, après que la vente avoit été stipulée en argent.

Il existe au procès une lettre du sieur Paté, qui prouve qu'en effet il a abusé de la confiance du Comte. Il existe au procès des actes pardevant Notaires, qui démontrent que le fait de la montre est calomnieux ; que le Comte, bien loin de s'être approprié aucun des bijoux de la personne dont il s'agit, en a usé avec générosité envers ses pere & mere, & a voulu que les effets existans fussent employés à payer les dettes de cette fille décédée. Il existe au procès une lettre de M. de la Chataigneraye, qui désavoue hautement la calomnie, & qui déclare que le marché a été rompu pour une toute autre cause que le refus des billets qu'il avoit acceptés, & sur l'offre desquels il avoit d'abord été conclu. L'art des ennemis du Comte dans ces faits, est d'y avoir saisi un fonds de vérité dont ils n'ont altéré que les détails ; mais ils n'ont pas toujours eu cette demi-circonspection. Dans ce libelle, dont je parle ici, & où deux des faits sont rappellés, on y en a joint d'autres qui n'ont pas même de fondement apparent comme les précédens. On y dit, pag. 68 & 69, que le Comte de Morangiés a payé, depuis son affaire, *pour plus de* 100000 *livres de lettres de change*, & on fait cette question, aussi affreuse que maligne, *avec quoi ?* On y dit que la Petit, témoin supposé favorable au Comte, a été tirée du Châtelet par quelqu'un qui a payé pour elle cent pistoles, & on s'écrie, & *qui, & avec quoi ?* En parlant d'un autre témoin, arrêté pour dettes, on avance qu'on lui a donné de l'argent pour vivre, en payant de plus 1500 livres, motif de son écrou ; & toujours avec l'interpellation, *qui, & avec quoi ?* Tous ces objets seront détaillés dans la plainte qui sera rendue contre les libelles & l'Auteur. Le calomniateur qui a osé hasarder de semblables infamies les prouvera ; je le répète, ou il sera puni. L'articulation des cent mille livres de lettres de change acquittées, est si atroce dans les circonstances, elle est si odieuse, qu'elle exige le châtiment le plus exemplaire. Non, le Comte de Morangiés n'a pas payé cent mille livres de lettres de change ; & le peu de paiemens qu'il a faits, on ose demander avec quoi ? Avec quoi ? misérables, c'est avec son sang, avec celui de sa famille, avec ce sang pur & sans tache qui a toujours coulé avec honneur pour la Patrie, avec ce sang que la noblesse qui s'y reconnoît, & la justice qui le respecte, ne laisseront point flétrir. Hélas ! les infortunés qu'ils sont n'ont point en ce moment d'autre richesse.

ce pays ; nous nous flattons d'ailleurs de ne pas errer dans le jugement que nous portons de son affaire, en suivant les lumieres d'un sens droit qui nous fait examiner scrupuleusement & sans prevention tout ce qui y est à la connoissance du Public. Dès son commencement, son innocence nous a paru certaine malgré l'horrible voile dont ses ennemis ont tâché de la couvrir.

Aujourd'hui, quoiqu'on l'ait traité avec ignominie, nous ne pouvons changer notre façon de penser à son égard, à cause des motifs expliqués précedemment, & parce que son affaire reste la même qu'elle étoit avant, avec la différence que Dieu qui est le protecteur de l'innocence opprimée, semble vouloir nous faire espérer qu'il a mis des bornes aux criminels efforts qui cherchent à l'accabler, & va permettre que ce mystere d'iniquité soit enfin dévoilé. Le Mémoire de Me Linguet, rapporté plus haut ; nous donne lieu de croire que le moment n'en est peut-être pas éloigné.

C'est pour tout ce que dessus que, rassemblés dans cette Ville, nous avons, un chacun de nous (seuls Gentilshommes que nous sçachions être actuellement présens dans ce Diocèse) signé la présente déclaration pour être envoyée à M. Linguet, afin que, s'il le juge à propos, il en fasse publiquement mention aux fins ci-dessus.

A Mende, le 29 du mois d'Avril 1773. Signé, *L. M. de Ligonnés. Montesquieu. Volonzac. Le Baron de Serviere. De Cultures. La Roquette. De Salles Chapelain. Serviés. De Clamouze. L'Abbé de Chateauneuf du Tournel. De Chateauneuf. Auzeran du Luchadou. D'Ombret. Larochenegly. Malaval. Colombet. Landos. Soulaget. Belvezer de Ligeac.*

Que les calomniateurs du Comte de Morangiés répondent à ce monument non suspect. Vous ne serez point déçus, respectables protecteurs de l'innocence opprimée ; le témoignage éclatant que vous lui rendez sera public. Cette fermeté digne du courage & de l'élévation qui vous distingue, aura des imitateurs. Que dis-je ? ces sentimens si purs, si véritablement nobles, ils existent dans tous les cœurs, au moins dans tous ceux dont le suffrage peut être précieux. Tandis qu'aux extrêmités du Royaume vous prépariez au Comte une consolation si douce, vos collegues dans la Capitale s'empressoient de lui en apporter en foule de non moins touchantes. C'étoit un spectacle bien singulier & bien flatteur que cet empressement d'hommes illustres, décorés, de Militaires distingués, de ce qu'il y a de plus brave & de plus délicat dans un ordre que la bravoure & la délicatesse constituent. Tous ont surmonté, pour aller partager les peines de cet infortuné, la répugnance qu'inspire à des ames honnêtes l'approche de ces lieux d'horreur où il est plongé ; le séjour du crime, purifié en quelque sorte depuis qu'il l'habite ; semble être devenu celui de l'honneur.

Jamais peut-être rien n'a été plus satisfaisant pour les Loix que cet hommage rendu aux formes dans la personne d'un accusé abſous par l'opinion de ſes pairs, & cependant reſpectueuſement abandonné au Jugement des Tribunaux de qui, par notre conſtitution, dépend le ſort des citoyens. On s'eſt fait un devoir d'adoucir ſes peines ; on lui a donné la preuve attendriſſante que ſes amis n'étoient ni rebutés ni humiliés par ſon infortune : on n'a pas même eſſayé d'intervertir en ſa faveur l'ordre accoutumé. Cette déférence, il eſt vrai, n'a juſqu'à préſent ſervi qu'à ſa perte : mais il eſt tems enfin que le jour ſe leve ſur tant de monſtrueux abus, & que le ſcrupule ceſſe d'être fatal à l'innocence. Plus la gradation de l'ordre judiciaire l'aprochera du trône, & plus ſans doute elle a droit de ſe flatter d'y trouver des rayons épurés qui diſſiperont les nuages épaiſſis par le crime.

§. XXII.

Fait & donné en la Chambre du Conſeil, par nous Marie-Nicolas Pigeon, Avocat au Parlement, Conſeiller du Roi, Lieutenant-Général au Bailliage du Palais à Paris, Commiſſaire de la Cour en cette partie, aſſiſté de Me Ponce Bazin, Charles-François Bidault, Antoine-Etienne Cothereau, Marie Carouge, René Gauthier & Charles-Simon Dinet, anciens Avocats au Parlement, le 28 Mai 1773. Signé, &c.

J'abhore toute eſpece de malignité, ſur-tout contre les membres d'un Ordre reſpectable, où je me ferai toujours honneur d'être compté. Je proteſte que je ne veux ni inſulter ni compromettre les Juges, qui par complaiſance ou par prévention ont ſouffert que leurs noms paruſſent au bas de ce monument peu honoſable pour la Juſtice ; mais enfin ces noms mêmes ſont devenus une reſſource dont on a abuſé contre le Comte de Morangiés. On a dit en pleine Audience que le choix des Aſſeſſeurs appellés par le Juge du Bailliage garantiſſoit d'avance l'équité & la régularité du Jugement auquel ils intervenoient, & on l'a fait croire. On a dit qu'il s'étoit aſſocié ce qu'il y avoit de plus célebre dans les Juriſconſultes & de plus éclairé dans un Ordre néceſſairement diſtingué par des lumieres. On vient de voir leurs noms.

Je ne leur conteſte ni leur réputation, ni leurs connoiſſances, mais j'oſe demander au Lieutenant Général du Bailliage de quel droit il a ofé choifir & pourquoi il a pris ceux-là plutôt que d'autres. Il s'eft intitulé Commiffaire de la Cour ; il a eu raifon ; il l'étoit. Mais fes Affeffeurs qu'étoient-ils ? Précifément mes Affeffeurs, des confreres choifis pour m'aider. Choifis ! c'eft-là précifément de quoi je vous demande raifon : deviez-vous, pouviez-vous choifir ?

D'abord dans les Siéges où il n'exifte point un nombre de Juges fuffifans, le Chef eft autorifé à fe faire affifter par des Gradués, ou au défaut des Gradués, par des Praticiens ; mais la raifon & la Jurifprudence l'aftreignent à fe conformer alors à l'ordre du tableau, à donner toujours la préférence aux anciens.

La raifon le veut ; parce que l'age femble cautionner davantage les lumieres & la modération des têtes qu'il a mûries. La Jurifprudence a confirmé ce principe par des Arrêts ; & ce qui eft affez fingulier, par un Arrêt rendu pour le Bailliage du Palais même. Mᵉ François Brodeau, nom vraiment célebre, a été maintenu dans le droit d'être appellé à ce Siége par préférence aux Avocats qui lui étoient poftérieurs fur le tableau. Cet Arrêt eft du 15 Mai 1564 *. Denifart qui le cite en rappelle un femblable rendu pour la Connétablie, le 30 Mars 1602. Quelle eft donc la raifon qui a engagé le Lieutenant-Général à intervertir cet ordre ?

* On en a levé une expédition qui fera produite.

Il ne dira pas que tous les Avocats plus anciens ont refufé ; nous prouverions le contraire : il ne dira pas qu'il n'a pas pû en trouver de plus célebres, de plus habiles, ou de plus équitables que ceux qu'il a préférés ; ce feroit outrager les uns fans honorer les autres. Ceux qui ont figné font extrêmement célebres, remplis de lumieres & de probité, mais enfin leur réputation & leurs vertus ne font pas exclufives. Il ne dira pas que c'eft parce qu'il étoit plus lié avec ceux qu'il a choifis, & qu'il fe promettoit de leur part plus de complaifance ou de docilité ; ce motif qui ne manqueroit pas de probabilité au moins à l'égard de quelques-uns, les compromettroit tous. Que dira-t-il donc ? Je n'en fais rien. Ce que je fais, c'eft qu'il ne devoit pas fe permettre ce renverfement de l'ordre.

Mais le pouvoit-il ? A l'indécence n'a-t-il pas joint ici l'irrégularité ? & ce choix fufpect n'eft-il pas une nullité radicale qui anéantit le Jugement fans reffource ? Oui, qu'on y prenne garde, le Lieutenant-Général du Bailliage n'étoit ici que Commiffaire délégué. Le pouvoir que lui conféroit l'Arrêt du 11

Avril 1772 fe bornoit à fon Siége; & comme il compofe à lui feul tout le Siége, il fe bornoit à fa perfonne.

Il eft vrai que dans des matieres de fon reffort, dans les petites rixes qui peuvent s'élever dans l'enclos du Palais, dans l'efpece de difcuffions qui de droit lui appartiennent, il peut fe faire affifter fans formalités par des Gradués dans une inftruction qui lui eft naturellement dévolue : mais ici il n'étoit le Juge naturel d'aucune des Parties qu'il a jùgées ; il ne l'eft devenu qu'en vertu de l'Arrêt : les Affociés à qui il a étendu fa Jurifdiction ne pouvoient la tenir de lui. Un Juge délégué ne peut pas déléguer lui-même. Il falloit remonter à la fource dont émanoit fa nouvelle autorité pour la rendre commune ; il falloit qu'il fe retirât devers le Parlement, pour obtenir de ce Tribunal fuprême des Affeffeurs fpécialement inveftis comme lui de la Jurifdiction qu'ils alloient exercer ; & s'il l'avoit fait, le Parlement auroit-il fait le même choix que lui ? Ne fe feroit-il pas conformé à l'ordre du tableau ?

Les fix Avocats devenus Juges par cette intrufion, font tous indiftinctement qualifiés *anciens* par la Sentence ; mais l'ufage eft au Palais, de ne donner ce titre & la forte de prérogative qui y eft attachée qu'à un exercice de vingt ans de la profeffion ; or, Me Carouge & Me Gauthier n'ont que douze ans, Me Dinet n'en a qu'onze ; & s'il fe trouvoit que ce font précifément ces trois voix-là qui, réunies à celle du Lieutenant-Général, ont emporté la balance; fi les trois autres avoient prévenu toutes les réflexions que nous venons de faire ; fi la répugnance de ces trois Jurifconfultes, véritablement *anciens*, à foufcrire tant d'inconféquences, avoit feule prolongé la féance où elles ont été adoptées, & occafionné une difcuffion de vingt-une heures, combien la nullité effentielle qui réfulte du défaut de pouvoir dans ces Juges fi illégalement choifis deviendroit-elle plus férieufe, plus intéreffante? Sans pénétrer dans ce fecret, qui n'en eft cependant pas un, je me borne à foutenir que le Lieutenant-Général feul ayant eu commiffion pour inftruire & pour juger, n'a pu de fon autorité privée commettre lui-même des Affeffeurs, & que l'indifcrétion avec laquelle il a hafardé cette infraction aux regles, étant aggravée par l'irrégularité du choix, fuffiroit feule pour anéantir fa Sentence.

§. X X I I I.

Prononcé par nous Greffier en Chef au Bailliage du Palais à Paris, à M. le Procureur du Roi, lequel a déclaré être Appellant à minimâ de ladite Sentence, & a signé. Signé, PAILLARD.

Que le Subſtitut de M. le Procureur Général, Mᵉ Paillard, ait appellé de la Sentence, je n'en ſuis pas étonné : ſes concluſions n'ont pas été ſuivies ; mais ce ſont ces concluſions mêmes dont je me crois autoriſé à lui demander raiſon. Je ne les connois point en détail. Il en a couru des copies toutes différentes, mais toutes atroces. Je ne les juge que par l'effet qu'elles ont néceſſité, par l'obligation impoſée au Comte de ſubir ſon dernier interrogatoire *ſur la ſellette* ; ce qui prouve qu'elles tendoient à des peines afflictives.

Ici, je l'avoue, le ſang me bouillone, & mon cœur ſe ſouleve : le Comte de Morangiés ſur la ſellette ! Il a paru devant les Juges dans le même état que Cartouche. Un Officier Général déclaré enfin innocent, a été réduit, par le caprice d'un ſeul homme, à payer d'avance cette réhabilitation tardive, par la formalité la plus humiliante : mais, que dis-je, humiliante ? l'innocence n'eſt point flétrie par les outrages qu'elle eſſuie ; l'excès de l'injuſtice n'eſt honteux que pour ſes auteurs, & l'aviliſſement dans lequel la cabale qui a dirigé les reſſorts ſecrets de cette horrible procédure, s'eſt flattée de plonger le Comte, ne fera qu'ajouter à l'éclat de ſa juſtification.

Mais cet heureux effet d'une complaiſance bien étrange n'abſout point ceux qui s'y ſont prêtés. Nos Loix veulent que la cérémonie affreuſe de la ſellette ſoit ſubordonnée à la nature des concluſions ; mais elles n'autoriſent pas les mains qui les rédigent ces concluſions fatales, à les donner au haſard. Dans une affaire telle que celle-ci, les ſuites cruelles que devoit avoir pour le Comte la réquiſition d'une peine afflictive, devoient rendre le Miniſtere public plus attentif, plus délicat à la requérir.

La ſeule approche de la ſellette étoit pour un homme de ſon rang un véritable ſupplice. Pour ſe déterminer à l'y dévouer, il falloit être bien aſſuré de ſon crime ; & comme l'exécution de ce ſupplice

plice préliminaire étoit fans appel , c'étoit une raifon de plus d'en pefer les motifs avec le plus exceffif fcrupule. Peut-on croire que le Procureur du Roi du Bailliage ait fatisfait à fes devoirs fur cet article, quand on voit, par la Sentence, le Comte de Morangiés déchargé fur le feul grief dont il pût réfulter contre lui le foupçon d'un délit, & abfous moins clairement, mais non moins certainement du fecond , puifqu'on le déclare convaincu , non pas du fait , mais de l'avoir nié ?

Quand il y a un délit conftant, les Juges qui l'apprécient peuvent fe méprendre fur le degré de la peine qu'il mérite. Leur caractere peut influer fur leurs opinions , & l'indulgence ou la févérité peuvent être déterminées par leur penchant naturel. Mais leur eft-il permis de fe tromper du blanc au noir? Des hommes dans les mains de qui eft confié le fort de leurs égaux , qui ont à prononcer fur l'honneur & fur la vie , peuvent-ils impunément voir un crime qu'il faut châtier , où leurs Confreres ne découvrent que l'innocence qu'il faut abfoudre ? Si cette oppofition eft tolérable ou fans conféquence dans une Compagnie où la différence des avis ne produit point d'effets , & où celui qui tend à la condamnation n'en a d'autre que de contredire un moment celui qui fait prévaloir l'abfolution, peut-on l'envifager de même de la part du Miniftere public, dont le fuffrage , en pareil cas , eft , comme je viens de le dire, un Arrêt qui s'exécute fur le champ, fans appel ?

Ces conclufions , qui fuppofent un crime prouvé , ne font-elles pas un véritable menfonge fait à la Juftice, quand il ne l'eft pas? Ne peuvent-elles pas induire en erreur des Juges foibles, ou inattentifs , ou trop perfuadés qu'ils ont dans les Officiers qui parlent au nom du Roi des guides fcrupuleux, incapables de chercher à les égarer? Quand elles n'auroient point l'efficacité affreufe d'entraîner une condamnation injufte, cet affront préliminaire qu'elles néceffitent , n'eft-il pas une véritable prévarication ?

Eh quoi ! tout homme de nom qui aura le malheur d'être impliqué injuftement dans un procès criminel , cela n'eft pas impoffible , & celui d'avoir un ennemi perfonnel dans un Officier revêtu de l'exercice du Miniftere public, & cela n'eft pas fans exemple , pourra être impunément , comme ici ; confondu avec les fcelérats fur des conclufions que la haine aura dictées , traîné fur la fellette , accablé d'un opprobre que les circonftances ne

L

rendront pas toujours, comme ici, aisé à effacer ! L'Officier vindi-
catif jouira de son ignominie ; & quand la Justice viendra essuyer
ce front qu'il aura couvert de honte ; quand le Jugement démentant ces conclusions trompeuses, réhabilitant l'innocence qu'elles
auront outragée, la dispensera de la totalité de la peine, il res-
tera à son persécuteur le plaisir malin & cruel de lui en avoir fait
dévorer une partie.

Ministres de Thémis ! Citoyens honnêtes qui avez quelque chose
à perdre, je ne cesserai de le répéter, réfléchissez sur les conséquences affreuses que ce texte présente !

Voilà ce que j'avois à dire sur la Sentence du Bailliage du Palais. Reste à parler de la procédure ; c'est ce que je ferai bientôt en
traitant de la prise à partie, qui sera certainement demandée, & que
l'équité de la Cour ne lui permettra certainement pas de refuser.

Monsieur G O U D I N , Rapporteur.

Me LINGUET , Avocat.

E R R A T A.

Page 5 , *ligne* 8 , se rétablir , *lisez* , se réaliser.
Ibid. tout, *lisez* , toute.
Ibid. *ligne* 20 , indispensable , *lisez* , inséparable.
10 , *lignes* 14 & 15 , on en a offert la preuve : & Aubourg n'est point
Partie dans la Cause ! Le Comte de Morangiés offre de
prouver, *lisez* , on en a offert la preuve : le Comte de Morangi
l'offre encore, & Aubourg n'est point Partie dans la Cause !
23 , *ligne* 3 du §, six, *lisez* , cinq.
36 , *ligne* 30 , cependant, *lisez* , certainement.
37 , *ligne* 10 , qu'ils, *lisez* , qu'elles.
48 , *ligne* 3 *après la lettre*, suspendre, *lisez* , cesser.
49 , *ligne* 1 , la seconde , *lisez* , la sienne.
56 , *ligne* 11 , du 1er , *lisez* , du 11.

De l'Imprimerie de L. CELLOT, rue Dauphine. 1773.

www.ingramcontent.com/pod-product-compliance
Lightning Source LLC
Chambersburg PA
CBHW060458260626
47161CB00005B/2158